나무가 있다.

나무가 있다

윤동주 산문의 숲에서

김응교 지음

arte

삼동을 참아온 나는

풀포기처럼 피여난다.

- 윤동주, 「봄」, 1942.6.(추정)

차례

일러두기

1. 이 책은 '윤동주의 산문' - '김응교의 윤동주 산문 읽기와 해설'로 구성되어 있다.
2. '김응교의 윤동주 산문 읽기와 해설' 부분의 밑줄과 고딕 표기는 저자가 강조하여 설명하는 부분이다.
3. 본문에 수록된 윤동주 산문 및 발췌문은 원문을 기준으로 표기했으며, 의미를 명확히 할 필요가 있는 단어는 한자를 병기했다. 마침표, 쉼표, 행과 연의 구분은 윤동주 육필원고대로 반영했고, 일부 띄어쓰기는 현대어 맞춤법 표기에 따라 보완했다.
4. 단행본과 장편소설은 『 』, 단편소설, 시, 논문은 「 」, 신문과 잡지는 《 》, 영화, 연극, 미술, 음악, 프로그램 등의 작품은 〈 〉, 인용 부분은 " ", 인용의 중략부는 (……)로 표기했다.
5. 외국의 인명, 지명 등의 표기는 국립국어원 외래어표기법을 따랐으나 일부는 통용되는 방식으로 표기했으며, 원문을 괄호로 병기했다.

나무처럼 행복한 생물은 다시없을 듯하다

또 다른 숲에 들어섰다. 윤동주의 산문을 읽으면 비에 젖은 나무가 되어 젖은 흙으로 잔뿌리 내리는 기분이다. 그가 쓴 산문에는 온갖 꽃과 식민지 시절 경성의 풍경, 『주역』의 우주가 펼쳐져 있다.

그를 좋아하는 이들은 대부분 그의 시만 좋아할 뿐 그가 산문을 썼다는 사실을 잘 알지 못한다. 부끄럽게도 나도 그의 산문을 건성으로 읽었었다. 『처럼―시로 만나는 윤동주』(문학동네, 2017.)를 내고, 대충 읽었던 산문을 한 편 한 편 밑줄 치며 읽기 시작했다.

그의 산문은 그의 시와 뿌리끼리 엉켜 있다. 산문은 그의 시와 다른 세계다. 또 다른 숲이다. 이십 대 초반의 청년이 아니라, 칠십 대 노인이 쓴 극진한 이야기 같다.

좋은 작가의 글은

어린이에게는 노래가 되고,

청년에게는 철학이 되고,

노인에게는 인생이 된다.

어느 대문호가 말했다는 이 구절을 완성시킨 이가 윤동주다. 좋은 시란 나이와 상관없이 모두에게 감동을 주는 작품이다. 윤동주가 쓴 시 110여 편 중 동시 30여 편은 아이들에게 노래를 준다. 나머지 시 50여 편은 청년에게 풍요로운 철학을 준다. 산문 4편은 우리에게 인생의 맛을 체험하게 한다.

좋은 글은 읽어도 읽어도 물리지 않는다. 귀가 닳도록 들어도 물리지 않는 노래가 있고, 여름철마다 먹고 먹어도 물리지 않는 냉면이 있듯이.

귀한 시는 읽어도 읽어도 물리지 않는다. 청소년이 쓴 것처럼 허름하게 보이는 그의 시는 몇백 번 몇천 번 읽어도 물리지 않는 이상한 힘을 갖고 있다. 그의 시에는 물리지 않는 노래가 있고, 그의 산문에는 걷고 걸어도 질리지 않는 숲이 있으며, 그를 만나고 난 침묵의 공간에는 마시고 마셔도 질리지 않는 이름 모를 차도 있다.

이 책은 첫 장면부터 독자를 누상동 9번지 하숙집으로 안내한다. 3호선 경복궁역에서 내리면 걸어서 이십 분 정도 걸리는 곳이다. 연희전문 4학년 때 누상동 하숙집에서 살면서 그는 산문 「종시」를 썼다.

이 책에서 산문 4편을 풀어보았다.

『하늘과 바람과 별과 시』 1955년 중판본에는 「달을 쏘다」 「별똥 떨어진 데」 「화원에 꽃이 핀다」 「종시」 순서로 나와 있다. 이 순서대로 읽기보다는 윤동주의 구체적인 삶이 나오는 「종시」를 먼저 읽고, 다른 글을 읽는 편이 좋겠다고 생각했다. 윤동주가 4학년 때 지낸 일과를 먼저 설명하고 회고하는 식으로 쓰면, 그의 산문을 이해하기 좀더 쉬울 것이다. 책으로 대하는 독자를 생각하여 순서를 아래와 같이 바꾸었다. 다만 작품의 창작 연도나 발표 연도는 글 끝에 모두 표기하기로 했다.

종시(1941.)

달을 쏘다(1938. 10.)

별똥 떨어진 데(1941.)

화원에 꽃이 핀다(1941.)

미리 말하건대 그의 산문은 사이다처럼 시원하거나 아이스크림처럼 달콤하지 않다. 요즘 감각으로 읽으면 틀린 문장도 보인다. 몇 줄 읽다가 그만둘 수도 있는 글이다. 설명이라도 쉽게 읽으시면 해서 '~습니다' 체를 쓰기로 했다. '~습니다'로 쓰면 응집력이 떨어지지만, 더 많은 사람들이 읽기 바라며 이 방식을 택하기로 했다. 이 머리글 이후로는 모두 '~습니다'로 깁고 다듬었다.

　인용한 그의 산문은 『윤동주 자필시고전집』(민음사, 1999.)에 실린 원문을 현대문으로 바꾼 글이다. 각 장마다 나오는 본문은 윤동주가 썼던 원문 그대로 옮겼기에 낯설 수도 있겠다. 원문에는 한자가 많아 그대로 읽기는 쉽지 않다. 현대어로 바꾸되, 한자를 써서 강조했던 윤동주의 의도를 생각하여 한자를 괄호 안에 넣어 살렸다. 읽기에 불편할 수 있지만 원문만이라도 윤동주의 의도에 가깝게 드러내고 싶었다.

　혼자 읽든 여럿이 읽든, 먼저 원문을 읽고 마음에 드는 구절을 택해 대화해보거나 적어보면 좋겠다. 반대로 원문에서 어려운 구절, 무슨 말인지 알아듣기 힘든 구절을 적어보고 대화해봐도 좋겠다.

　고맙게도 유튜브를 검색하면 윤동주 산문을 낭송한 음성들이 있다. 그 낭송을 함께 듣고 대화하고 강연해왔다. 이 책을 읽을 때 원문을 먼저 유튜브에서 검색해 들으며 읽으면 새로운 체험을 하실 것이다.

　어느 것 하나 전문으로 아는 것 없는 변두리 서생이 또 책 한

권을 기워냈다. 내 이름 앞에 '아무개 전문가'라는 표현은 어울리지 않는다. 그저 나는 이 책을 읽으시는 독자처럼 여러 시인을 좋아하는 독자일 뿐이다.

책 제목을 '나무가 있다'로 정했다. 그의 산문에 나오는 한 구절이다. 그는 숲속에서 산문을 썼다. 나무숲 속에 새소리 물소리 바람소리 흐른다. 그의 산문에는 별, 하늘, 달, 연못 등이 등장하는데, 그중에 자신을 '나무'로 비유했던 것이 돋아 보인다. 그는 글이 잘 안 되면 숲길을 걷곤 했다. 그의 시「나무」에 곡을 붙인 '나무'라는 노래를 부르며 이제 그가 만든 숲을 거닐어본다.*

이 책을 그가「새로운 길」을 썼던 5월 10일에 맞추어 내기로 했다.

2019년 5월 수락산 서재에서
김응교 손 모아

* 유튜브에서 '윤동주 나무 김응교'를 검색하면 들으실 수 있습니다.

삶은 종점과 시점의
연속이다

종시

「새벽이 올 때까지」「십자가」「눈 감고 간다」「해바라기 얼굴」

내를 건너서 숲으로

고개를 넘어서 마을로

어제도 가고 오늘도 갈

나의 길 새로운 길

- 윤동주, 「새로운 길」에서

종시

종점(終點)이 시점(始點)이 된다. 다시 시점이 종점이 된다.

아침, 저녁으로 이 자국을 밟게 되는데 이 자국을 밟게 된 연유(緣由)가 있다. 일찍이 서산대사(西山大師)가 살았을 듯한 우거진 송림 속, 게다가 덩그러니 살림집은 외따로 한 채뿐이었으나 식구로는 굉장한 것이어서 한 지붕 밑에서 팔도 사투리를 죄다 들을 만큼 모아놓은 미끈한 장정들만이 욱실욱실하였다. 이곳에 법령(法令)은 없었으나 여인금납구(女人禁納區)였다. 만일 강심장의 여인이 있어 불의의 침입이 있다면 우리들의 호기심을 저으기 자아내었고, 방마다 새로운 화제가 생기곤 하였다. 이렇듯 수도생활(修道生活)에 나는 소라 속처럼 안도하였던 것이다.

사건이란 언제나 큰 데서 동기가 되는 것보다 오히려 적은 데서 더 많이 발작(發作)하는 것이다.

눈 온 날이었다. 동숙(同宿)하는 친구의 친구가 한 시간 남짓한 문(門, 경성의 사대문)안 들어가는 차 시간까지를 낭비하기 위하여 나의 친구를 찾아 들어와서 하는 대화였다.

"자네 여보게 이 집 귀신이 되려나?"

"조용한 게 공부하기 작히나 좋잖은가."

"그래 책장이나 뒤적뒤적하면 공부 줄 아나? 전차간에서 내다볼 수 있는 광경, 정거장에서만 맛볼 수 있는 광경, 다시 기차

속에서 대할 수 있는 모든 일들이 생활 아닌 것이 없거든. 생활 때문에 싸우는 이 분위기에 잠겨서, 보고, 생각하고, 분석하고 이거야말로 진정한 의미의 교육이 아니겠는가. 여보게! 자네 책장만 뒤지고 인생이 어떠하니 사회가 어떠하니 하는 것은 16세기에서나 찾아볼 일일세, 단연 문안으로 나오도록 마음을 돌리게."

나한테 하는 권고(勸告)는 아니었으나 이 말에 귀 틈 뚫려 상푸둥 그러리라고 생각하였다. 비단 여기만이 아니라 인간을 떠나서 도를 닦는다는 것이 한낱 오락이요, 오락이매 생활이 될 수 없고 생활이 없으매 이 또한 죽은 공부가 아니랴. 하여 공부도 생활화하여야 되리라 생각하고 불일내에 문안으로 들어가기를 내심으로 단정해버렸다. 그 뒤 매일같이 이 자국을 밟게 된 것이다.

나만 일찍이 아침거리의 새로운 감촉을 맛볼 줄만 알았더니 벌써 많은 사람들의 발자국에 포도(鋪道)는 어수선할 대로 어수선했고 정류장에 머물 때마다 이 많은 무리를 죄다 어디 갖다 터트릴 심산(心算)인지 꾸역꾸역 자꾸 박아 싣는데 늙은이 젊은이 아이 할 것 없이 손에 꾸러미를 안 든 사람은 없었다. 이것이 그들 생활의 꾸러미요, 동시에 권태의 꾸러민지도 모르겠다.

이 꾸러미들을 든 사람들의 얼굴을 하나하나씩 뜯어보기로 한다. 늙은이 얼굴이란 너무 오래 세파(世波)에 짜들어서 문제도 안 되겠거니와 그 젊은이들 낯짝이란 도무지 말씀이 아니다. 열이면 열이 다 우수(憂愁) 그것이요, 백이면 백이 다 비참 그것이다. 이들에게 웃음이란 가물에 콩싹이다. 필경(必境) 귀여우리라는 아이들의 얼굴을 보는 수밖에 없는데 아이들의 얼굴이란 너무나 창백하다. 혹시 숙제를 못 해서 선생한테 꾸지람 들을 것이 걱정인지 풀이 죽어 쭈그러뜨린 것이 활기란 도무지 찾아볼 수 없다. 내 상도 필연(必然)코 그 꼴일 텐데 내 눈으로 그 꼴을 보지 못하는 것이 다행이다. 만일 다른 사람의 얼굴을 보듯 그렇게 자주 내 얼굴을 대한다고 할 것 같으면 벌써 요사(夭死)하였을는지도 모른다.

나는 내 눈을 의심하기로 하고 단념하자!

차라리 성벽 위에 펼친 하늘을 쳐다보는 편이 더 통쾌하다. 눈은 하늘과 성벽 경계선을 따라 자꾸 달리는 것인데 이 성벽이란 현대로서 카무플라주한 옛 금성(禁城)이다. 이 안에서 어떤 일이 이루어졌으며 어떤 일이 행하여지고 있는지 성 밖에서 살아왔고 살고 있는 우리들에게는 알 바가 없다. 이제 다만 한 가닥 희망은 성벽이 끊어지는 곳이다.

기대는 언제나 크게 가질 것이 못 되어서 성벽이 끊어지는 곳에 총독부(總督府), 도청(道廳), 무슨 참고관(參考館), 체신국(遞信局), 신문사(新聞社), 소방조(消防組, 소방서), 무슨 주식회사(株式會社), 부청(府廳), 양복점(洋服店), 고물상(古物商) 등 나란히 하고 연달아

오다가 아이스케이크 간판에 눈이 잠깐 머무는데, 이놈을 눈 내린 겨울에 빈 집을 지키는 꼴이라든가 제 신분에 맞지 않는 가게를 지키는 꼴을 살짝 필름에 올리어본달 것 같으면 한 폭의 고등 풍자만화(諷刺漫畫)가 될 터인데 하고 나는 눈을 감고 생각하기로 한다. 사실 요즘 아이스케이크 간판 신세를 면치 아니치 못할 자 얼마나 되랴. 아이스케이크 간판은 정열에 불타는 염서(炎暑)가 진정코 아수롭다.

눈을 감고 한참 생각하노라면 한 가지 거리끼는 것이 있는데 이것은 도덕률(道德律)이란 거추장스러운 의무감이다. 젊은 녀석이 눈을 딱 감고 버티고 앉아 있다고 손가락질하는 것 같아서 번쩍 눈을 떠본다. 하나 가까이 자선할 대상이 없음에 자리를 잃지 않겠다는 심정보다 오히려 아니꼽게 본 사람이 없으리란 데 안심이 된다.

이것은 과단성 있는 동무의 주장이지만 전차에서 만난 사람은 원수요, 기차에서 만난 사람은 지기(知己)라는 것이다. 딴은 그리리라고 얼마큼 수긍하였댔다. 한자리에서 몸을 비비적거리면서도 "오늘은 좋은 날씨올시다", "어디서 내리시나요" 쯤의 인사는 주고받을 법한데 일언반구 없이 뚱한 꼴들이 작히나 큰 원수를 맺고 지내는 사이들 같다. 만일 상냥한 사람이 있어 요만쯤의 예의를 밟는다고 할 것 같으면 전차 속의 사람들은 이를 정신이상자로 대접할 게다. 그러나 기차에서는 그렇지 않다. 명함을 서로 바꾸고 고향 이야기, 행방 이야기를 거리낌 없이 주고받고 심지어 남의 여로(旅勞)를 자기의 여로인 것처럼 걱정하고, 이 얼마나 다정한 인생행로냐.

이러는 사이에 남대문(南大門)을 지나쳤다. 누가 있어 "자네 매일같이 남대문을 두 번씩 지날 터인데 그래 늘 보곤 하는가"라는 어리석은 듯한 멘탈 테스트를 낸다면은 나는 아연(俄然)해지지 않을 수 없다. 가만히 기억을 더듬어본달 것 같으면 늘이 아니라 이 자국을 밟은 이래 그 모습을 한 번이라도 쳐다본 적이 있었던 것 같지 않다. 하기는 그것이 나의 생활에 긴한 일이 아니매 당연한 일일 게다. 하나 여기에 하나의 교훈이 있다. 횟수가 너무 잦으면 모든 것이 피상적인 것이 되어버리느니라.

이것과는 관련이 먼 이야기 같으나 무료(無聊)한 시간을 까기 위하여 한마디 하면서 지나가자.

시골서는 내로라고 하는 양반이었던 모양인데 처음 서울 구경을 하고 돌아가서 며칠 동안 배운 서울 말씨를 섣불리 써가며 서울 거리를 손으로 형용하고 말로써 떠벌려 옮겨놓더라는데, 정거장에 턱 내리니 앞에 고색(古色)이 창연(蒼然)한 남대문이 반기는 듯 가로막혀 있고, 총독부 집이 크고, 창경원(昌慶苑)에 백 가지 금수가 봄 직했고, 덕수궁(德壽宮)의 옛 궁전이 회포(懷抱)를 자아냈고, 화신승강기(和信昇降機)는 머리가 힝 - 했고, 본정(本町, 혼마치)엔 전등이 낮처럼 밝은데 사람이 물 밀리듯 밀리고 전차란 놈이 윙윙 소리를 지르며 지르며 연달아 달리고-서울이 자기 하나를 위하야 이루어진 것처럼 우쭐했는데 이것쯤은 있을 듯한 일이다. 한데 게도 방정꾸러기가 있어

"남대문이란 현판(懸板)이 참 명필이지요"

하고 물으니 대답이 걸작이다.

"암 명필이구말구, 남(南) 자 대(大) 자 문(門) 자 하나하나 살아서 막 꿈틀거리는 것 같데"

어느 모로나 서울 자랑하려는 이 양반으로서는 가당(可當)한 대답(對答)일 게다. 이분에게 아현(阿峴)고개 막바지에, -아니 치벽한 데 말고, -가까이 종로(鐘路) 뒷골목에 무엇이 있던가를 물었다면 얼마나 당황해했으랴.

나는 종점을 시점으로 바꾼다.

내가 내린 곳이 나의 종점이요, 내가 타는 곳이 나의 시점이 되는 까닭이다. 이 짧은 순간 많은 사람들 사이에 나를 묻는 것인데 나는 이네들에게 너무나 피상적이 된다. 나의 휴머니티를 이네들에게 발휘해낸다는 재주가 없다. 이네들의 기쁨과 슬픔과 아픈 데를 나로서는 측량한다는 수가 없는 까닭이다. 너무 막연하다. 사람이란 횟수가 잦은 데와 양이 많은 데는 너무나 쉽게 피상적이 되나 보다. 그럴수록 자기 하나 간수하기에 분망(奔忙)하나 보다.

시그널을 밟고 기차는 왱-떠난다. 고향으로 향한 차도 아니

건만 공연(空然)히 가슴은 설렌다. 우리 기차는 느릿느릿 가다 숨차면 가(假)정거장에서도 선다. 매일같이 웬 여자들인지 주룽주룽 서 있다. 제마다 꾸러미를 안았는데 예의 그 꾸러민 듯싶다. 다들 방년(芳年) 된 아가씨들인데 몸매로 보아하니 공장으로 가는 직공들은 아닌 모양이다. 얌전히들 서서 기차를 기다리는 모양이다. 판단을 기다리는 모양이다. 하나 경망스럽게 유리창을 통하여 미인판단을 내려서는 안 된다. 피상법칙이 여기에도 적용될지 모른다. 투명한 듯하나 믿지 못할 것이 유리다. 얼굴을 찌깨논 듯이 한다든가 이마를 좁다랗게 한다든가 코를 말코로 만든다든가 턱을 조개턱으로 만든다든가 하는 악희(惡戲)를 유리창이 때때로 감행하는 까닭이다. 판단을 내리는 자에게는 별반 이해관계가 없다손 치더라도 판단을 받는 당자에게 오려던 행운이 도망갈는지를 누가 보장할소냐. 여하간 아무리 투명한 꺼풀일지라도 깨끗이 벗겨버리는 것이 마땅할 것이다.

이윽고 터널이 입을 벌리고 기다리는데 거리 한가운데 지하 철도도 아닌 터널이 있다는 것이 얼마나 슬픈 일이냐, 이 터널이란 인류역사의 암흑시대요, 인생행로의 고민상이다. 공연히 바퀴 소리만 요란하다. 구역날 악질(惡質)의 연기가 스며든다. 하나 미구(未久)에 우리에게 광명의 천지가 있다.

터널을 벗어났을 때 요즈음 복선공사(複線工事)에 분주한 노동자들을 볼 수 있다. 아침 첫차에 나갔을 때에도 일하고, 저녁 늦차에 들어올 때에도 그네들은 그대로 일하는데 언제 시작하여 언제 그치는지 나로서는 헤아릴 수 없다. 이네들이야말로 건설의 사도(使徒)들이다. 땀과 피를 아끼지 않는다.

(   )*

그 육중한 도락구를 밀면서도 마음만은 요원(遼遠)한 데 있어 도락구 판장에다 서투른 글씨로 신경행(新京行)이니 북경행(北京行)이니 남경행(南京行)이니라고 써서 타고 다니는 것이 아니라 밀고 다닌다. 그네들의 마음을 엿볼 수 있다. 그것이 고력에 위안이 안 된다고 누가 주장하랴.

이제 나는 곧 종시(終始)를 바꿔야 한다. 하나 내 차에도 신경행, 북경행, 남경행을 달고 싶다. 세계일주행(世界—周行)이라고 달고 싶다. 아니 그보다도 진정한 내 고향이 있다면 고향행(故鄕行)을 달겠다. 다음 도착하여야 할 시대(時代)의 정거장이 있다면 더 좋다.

- 윤동주, 「종시」, 1941.

* 위 글에서 '(   )'의 부분이 육필원고를 보면 예리하게 도려내
 어져 있다. 원고지 27칸 분량이다.

윤동주가 전차를 타고 통학했던
남대문 주변의 상공 사진

...

우측 상단 경성 부청(현 서울도서관)이 보인다.

한 가닥 희망이 여기에 있다

이제 백 년 전으로 거슬러 올라갑니다.

그가 마지막으로 시를 쓴 날짜는 1942년 6월 3일입니다.

강처중에게 보낸, 릿쿄대학 편지지에 쓴 5편의 시에 그는
1942년 6월 3일로 창작날짜를 써놓았지요. 1917년 12월 30일에
태어났으니, 만 25세 5개월이 그의 시력(詩歷)입니다. 그 짧은
기간 동안 그는 함부로 평가하기 어려운 시 110여 편을 발표했
습니다.

그의 산문은 시에 비해 그리 주목받지 못했습니다. 어렵기
때문이기도 하지요. 조금 관심 갖고 읽으면 전혀 새로운 맛이
납니다. 그의 시 말미에는 시를 쓴 창작날짜가 일기처럼 써 있
지요. 그는 산문도 일기처럼 썼어요.

일기를 써보신 적이 있으시겠죠. 집에서 학교를 오가면서 본
모든 간판이나 건물이나 사람들 표정을 써보신 적이 있으신지

요. 지금 읽으신 「종시」는 그런 글입니다. 이제 마음과 몸을 식민지 시절 경성 거리로 옮겨보겠습니다.

그가 남긴 네 편의 산문 「달을 쏘다」, 「화원에 꽃이 핀다」, 「종시」, 「별똥 떨어진 데」를 분석한 연구는 그리 많지 않습니다. 이제 윤동주가 남긴 산문 중 「종시」를 먼저 소개하려 합니다. 4학년 때 쓴 이 글을 읽고 다음은 1학년 때 쓴 「달을 쏘다」로 돌아가려 합니다. 순서로는 늦게 쓴 글이지만 「종시」를 먼저 읽으면 그가 지냈던 지금의 서울인 경성 풍경을 그릴 수 있습니다. 시대 분위기도 알 수 있으니 다른 산문보다 먼저 읽고 시작하기로 하지요.

「종시」를 분석한 글은 몇 편 있어요.

홍장학 선생은 『정본 윤동주 전집』(문학과지성사)을 편집하여 윤동주 연구에 새로운 시각을 보여준 연구자입니다. 「종시」를 분석하면서, 원본에서 찢긴 부분에 대해 쓴 추측은 수긍할 만합니다(『정본 윤동주 전집 원전 연구』, 2004, 636~645쪽). 다만 행선지를 오독하여 『정본 윤동주 전집』에서 「종시」의 창작일자를 1939년으로 잘못 적었습니다. 이 문제는 차차 설명하겠습니다.

류양선 선생은 윤동주 시를 오랫동안 깊게 연구해온 학자입니다. 「종시」를 통해 시 「길」을 분석한 그의 연구(「윤동주의 散文과 詩의 관련양상―산문 〈終始〉와 시 〈길〉을 중심으로」, 2004)는 읽어야 할 글입니다. 류양선 선생은 「종시」가 누상동 9번지에서 하숙했을 때 쓴 글이라고 처음 설명했습니다.

쿠로키 료지(黑木了二)는 윤동주가 남대문 근처에서 보았던 조선 서민의 풍경을 분석합니다(「尹東柱 「終始」考察」, 2009). 정과리는 「종시」를 일기식으로 글을 쓴 윤동주의 특징이 있는 산문으로 분석합니다(「윤동주의 내면의 시—상호주관성으로서의 내성」, 2017).

이제 「종시」가 탄생한 배경을 추적해보려 합니다. 「종시」의 창작 시기를 잘못 판단한 경우, 혹은 사진판 원고지에서 글을 옮기는 과정에서 오독한 사례를 지적하려 합니다.

나는 소라 속처럼 안도하였다

조용한 기숙사에서 공부하던 윤동주는 친구의 권유로 서울 시내로 이사하여, 전차로 통학하면서 보고 느낀 것을 씁니다. 앞에 「종시」를 읽기 쉽게 한글로 옮겨봤는데, 한자를 살리면 앞부분은 이러합니다.

종점(終點)이 시점(始點)이 된다. 다시 시점이 종점이 된다. 아침, 저녁으로 이 자국을 밟게 되는데 이 자국을 밟게 된

연유(緣由)가 있다. 일찍이 서산대사(西山大師)가 살았을 듯한 우거진 송림 속, 게다가 덩그러니 살림집은 외따로 한 채뿐이었으나 식구로는 굉장한 것이어서 한 지붕 밑에서 팔도 사투리를 죄다 들을 만큼 모아놓은 미끈한 장정들만이 욱실욱실하였다. 이곳에 법령(法令)은 없었으나 여인금납구(女人禁納區)였다. 만일 강심장의 여인이 있어 불의의 침입이 있다면 우리들의 호기심을 저윽이 자아내었고, 방마다 새로운 화제가 생기곤 하였다. 이렇듯 수도생활(修道生活)에 나는 소라 속처럼 안도하였던 것이다.

사건이란 언제나 큰 데서 동기가 되는 것보다 오히려 적은 데서 더 많이 발작(發作)하는 것이다.

이 부분에서 첫 문장과 마지막 문장이 중요합니다. "종점(終點)이 시점(始點)이 된다. 다시 시점이 종점이 된다"라는 문장은 한 종점역에 저녁에는 들어왔다가, 아침이면 시점으로 삼아 다시 출발한다는 뜻이죠. 그래서 "아침, 저녁으로 이 자국을 밟게" 된다고 써 있지요. 맨 마지막 문장에서 "그 뒤 매일같이 이 자국을 밟게 된 것이다"라는 말은 윤동주가 이 길을 등하교하며 왔다갔다 한다는 뜻입니다. 이 종점이 어디인가 하는 것은 뒤 문장을 검토하면 알 수 있습니다.

윤동주는 일기를 남기지 않았지만 그의 글은 그에게 내밀한 일기였습니다. 일기의 가장 강한 속성은 '자기 성찰'이 핵심이지요. 그가 시 끝에 반드시 쓴 날짜를 써놓았다는 것 자체가 일기를 쓰는 마음의 흔적입니다. 일기란 '그날의 기록'이니까요. 「종시」에서도 '자기 성찰'은 물론이고, "매일같이 이 자국을 밟게 된" 등하굣길을 일기 쓰듯 세세히 묘사하며 기록해놓았습니다.

시는 발표할 수도 있지만, 일기는 발표 자체를 염두에 두지 않는 비밀 기록입니다. 윤동주는 「종시」를 발표하지 않았어요. 발표하려 했다면 더 수정했을지도 모르지요. 거꾸로 발표하지 않았기에 오히려 윤동주의 내면이 있는 그대로 일기처럼 드러난 산문이라 할 수 있겠습니다.

"종점(終點)이 시점(始點)이 된다. 다시 시점이 종점이 된다"는 말은 집으로 돌아올 때는 종점이고 학교 갈 때는 시점이 된다는 뜻인 듯하지만, 윤동주의 생애를 관통하는 말입니다.

그는 평생 성찰했습니다.

그에게 성찰이란 끊임없이 자기에게 되돌아오는 길이었습니다. 그는 떠나는 것이 목적이 아니라, 끊임없이 자기에게 돌아오는 성찰하는 인간이었습니다. 모든 출발과 도착은 그 자신이 종점이며 시점이었습니다.

아울러 삶은 반복이라는 사실을 첫 문장에 새겨둡니다. 매일 반복되는 삶을 그냥 흘려 보내는 것이 아니라, 의미 있는 반복으로 삼으려고 그는 반복되는 삶을 기록합니다. 삶은 빈약한 반복이 아니라, '풍성한 반복'(들뢰즈)이어야 합니다. 윤동주는 종점과 시점을 오가며 풍성한 반복을 누리기 원했을 겁니다.

모든 일이 생활 아닌 것이 없거든

그는 등하굣길인 "이 자국을 밟게 된 연유(緣由)"를 쓰기 시작합니다. 이후의 묘사는 연희전문 기숙사인 핀슨홀, 현재 연세대 캠퍼스에 있는 윤동주 시비 뒤편 건물의 풍경입니다.

윤동주가 본 핀슨홀은 "서산대사가 살았을 듯한 우거진 송림 속"에 외따로 서 있는 기숙사였습니다. "한 지붕 밑에서 팔도(八道) 사투리를 죄다 들을 만큼 모아 놓은 미끈한 장정(將丁)들만이 욱실욱실"했습니다. 남자 기숙사였으니 당연히 "여인금납구(女人禁納區)"였습니다. 내면성찰에 몰두하는 "수도생활"을 하며 윤동주는 "소라 속처럼 안도"를 누리는 중이었습니다. 고요한 방을 "소라 속"이라고 한 표현은 눈에 보일 듯 신선하고 참 예쁘지요.

눈 온 날이었다. 동숙(同宿)하는 친구의 친구가 한 시간 남짓한 문(門, 경성의 사대문)안 들어가는 차 시간까지를 낭비하기 위하여 나의 친구를 찾아 들어와서 하는 대화였다.

"자네 여보게 이 집 귀신이 되려나?"

"조용한 게 공부하기 작히나 좋잖은가."

"그래 책장이나 뒤적뒤적하면 공분 줄 아나? 전차간에서 내다볼 수 있는 광경, 정거장에서만 맛볼 수 있는 광경, 다시 기차 속에서 대할 수 있는 모든 일들이 생활 아닌 것이 없거든. 생활 때문에 싸우는 이 분위기에 잠겨서, 보고, 생각하고, 분석하고 이거야말로 진정한 의미의 교육이 아니겠는가. 여보게! 자네 책장만 뒤지고 인생이 어떠하니 사회가 어떠하니 하는 것은 16세기에서나 찾아볼 일일세, 단연 문안으로 나오도록 마음을 돌리게."

나한테 하는 권고(勸告)는 아니었으나 이 말에 귀 틈 뚫려 상푸둥 그러리라고 생각하였다. 비단 여기만이 아니라 인간을 떠나서 도를 닦는다는 것이 한낱 오락이요, 오락이매 생활이 될 수 없고 생활이 없으매 이 또한 죽은 공부가 아니랴. 하여 공부도 생활화하여야 되리라 생각하고 불일내에 문안으로 들어가기를 내심으로 단정해버렸다. 그 뒤 매일같이 이 자국을 밟게 된 것이다.

친구가 찾아온 "눈 오는 날"은 언제였을까요. 글 전체를 읽으면 누상동 9번지 하숙집으로 이사 가기 전이니 1940년 겨울에서 1941년 봄 사이겠죠.

"동숙(同宿)하는 친구의 친구"가 성문 안으로 들어가는 전차를 기다리며 시간을 보내기 위해 "나의 친구"를 찾아 들어옵니다. 두 사람의 대화를 듣다가 "나한테 하는 권고(勸告)는 아니었으나 이 말에 귀 틈 뚫려 상푸둥 그러리라" 다짐하고 윤동주는 "성 안으로" 가기로 합니다.

친구의 친구는 "생활 때문에 싸우는 이 분위기에 잠겨서, 보고, 생각하고, 분석하고 이거야말로 진정한 의미의 교육이 아니겠는가. 여보게! 자네 책장만 뒤지고 인생이 어떠하니 사회가 어떠하니 하는 것은 16세기에서나 찾아볼 일일세, 단연 문안으로 나오도록 마음을 돌리게"라고 말하는데, 홍장학은 이 친구가 "진보적 이념 즉 사회주의에 가까운 것으로 판단"(홍장학, 637쪽)된다고 썼습니다. 이 친구는 "생활 때문에 싸우는 분위기"를 말하고, "진정한 의미의 교육"을 말하는데, 이렇게 말하면 진보적 이념이고 사회주의에 가까운 인물일까요. 당시 모더니즘을 주장했던 많은 모던보이나 신여성들도 생활과 새로운 교육문제를 말했습니다. 오히려 친일했던 이들도 생활과 교육을 더 말했겠지요. 홍장학이 이 친구를 "사회주의에 가까운 것으로 판단한" 것은 당혹스럽고, 이 친구는 윤동주 시를 세상에 알린 강처중일 것이라는 홍장학의 단언은 공감하기 어렵습니다.

그 친구가 강처중일까?

...

왼쪽부터 송몽규, 가상의 여인 이여진, 강처중, 윤동주다.

영화 〈동주〉에서 강처중은 극을 재미있게 만드는 인물로 나온다.

「종시」에서 언급한, 누구인지 모를 이 친구는

"생활 때문에 싸우는 분위기"를 말하고,

"진정한 의미의 교육"을 말한다.

강처중이었다면 "친구의 친구"라고 쓸 리가 없습니다. 나의 "친구의 친구"가 "나의 친구"에게 성문 안으로 들어가 살라고 권하기 때문입니다. 다만 "친구의 친구"처럼 이런 내용을 말할 수 있는 인물로 강처중을 떠올릴 수는 있겠습니다. 아니면 친구의 친구가 대화한 윤동주의 친구가 강처중일 가능성은 있습니다만, 강처중이라고 단언하기는 어려울 것 같습니다. 강처중은 어떤 인물이었을까요. 영화 〈동주〉를 보면 까불까불한 키 큰 친구로 나오는데, 강처중이 그렇게 가볍기만 한 인물이었을까요.

1916년생으로 함경남도 원산 출신인 강처중은 부유한 한의사 집 맏아들로 태어났습니다. 이제까지 강처중의 이력이 세세히 알려진 바는 거의 없습니다만, 옛 신문을 조사해보면 강처중이 살아온 흔적을 볼 수 있습니다.

1932년 제2회 브나로드 운동을 보고하는 기사 「이천(二千) 계몽활동계시」(《동아일보》, 1932.9.1.)에 실린 참여 학생들 명단에 17세의 강처중 이름이 있어요. 1931년부터 시작된 브나로드 운동은 14세의 장준하를 비롯하여 수백 명의 청년 학생들이 참가하여, 한글보급 운동 등을 했던 농촌계몽사업이었습니다. 강처중은 방학기간인 8월 2일부터 고향에서 가까운 함경도의 고평역에서 100여 명의 농민들에게 한글, 일용계수법, 성경, 지리, 역사, 유희, 창가, 체조, 동화 등을 가르쳤어요.

1933년 브나로드 운동 사진과 강처중의 보고서,
《동아일보》, 1933년 8월 17일

…

강처중이 1933년 제3회 브나로드 운동에도 참여했다는 보고서를 볼 수 있다.
《동아일보》에 실린 보고서 끝에 '책임대원 강처중'이란 이름이 명확히 기재되어 있다.

8월 2일에 시작하여 무사히 종료했다. 과목은 한글 일용계수법(日用計數法), 성경, 지리, 역사, 유희, 창가, 체조, 동화.

내가 마튼(맡은) 것은 한글뿐이고 다른 과정은 여러 동지와 타처에서 피서온 분으로부터 교수했다. 한글과 일용계수법 해득자는 20명입니다. 함경도 고평역전 (책임대원 강처중)

— 「제2회 브나로드 운동 계몽대원참가씨명」, 《동아일보》, 1932.7.8.

기사를 더 찾아보면 강처중이 이듬해인 1933년 제3회 브나로드 운동에도 참여했다는 보고서를 볼 수 있습니다. 《동아일보》에 실린 보고서 끝에 '책임대원 강처중' 이름이 명확히 나와요.

연희전문에 입학한 강처중의 별명은 '영어 도사'였다고 합니다. 4학년 때는 연전 문과 학생회인 문우회(文友會) 회장으로 당선되어 마지막 학년을 보냅니다(강처중이 어떻게 살았는지, 그 세세한 이야기는 송우혜 선생의 『윤동주 평전』 제11장을 참조하시면 합니다).

연희전문 졸업 후 강처중은 1947년 《경향신문》 기자로 일합니다. 앞서 윤동주에게 받았던 릿쿄대학 편지지에 실린 시 다섯 편을 당시 《경향신문》 주필인 정지용에게 전합니다. 1946년 10월 1일부터 1947년 7월 9일까지 9개월간 《경향신문》에 재직했던 정지용 시인은 1947년 2월 14일에 윤동주 시 「쉽게 씌여진 시」를 《경향신문》에 발표하여 윤동주를 세상에 알립니다. 이후 이화여대 교수로 돌아가 윤동주 시집 출판을 돕습니다.

정지용이 퇴사한 이후에도 1947년 9월 27일자 《경향신문》에 윤동주의 「소년」이 발표된 것은 강처중의 의도대로 진행된 일이었을 겁니다.

이후 후배 정병욱이 보관하고 있던 윤동주의 자선(自選) 시집 안에 있던 19편과, 강처중이 보관하고 있던 작품 가운데 12편을 선정합니다. 합하여 31편을 담은 『하늘과 바람과 별과 시』 (정음사) 초간본이 1948년 1월 20일 발간됩니다. 초간본 맨 뒤에 강처중의 「발문」이 실려 있습니다.

동주는 별로 말주변도 사귐성도 없었건만 그의 방에는 언제나 친구들이 가득 차 있었다. 아무리 바쁜 일이 있더라도 "동주 있나?" 하고 찾으면 하던 일을 모두 내던지고 빙그레 웃으며 반가이 마주앉아 주는 것이었다.

"동주, 좀 걸어보자구." 이렇게 산책을 청하면 싫다는 적이 없었다. 겨울이든 여름이든 밤이든 새벽이든 산이든 들이든 강가이든 아무런 때 아무 데를 끌어도 선뜻 따라나서는 것이었다. 그는 말이 없이 묵묵히 걸었고 항상 그의 얼굴은 침울하였다. 가끔 그러다가 외마디 비통한 고함을 잘 질렀다. "아." 하고 나오는 외마디 소리! 그것은 언제나 친구들의 마음에 알지 못할 울분을 주었다.

"동주, 돈 좀 있나." 옹색한 친구들은 곧잘 그의 넉넉지 못한 주머니를 노리었다. 그는 있고서 안 주는 법이 없었고 없으면 대신 외투든 시계든 내주고야 마음을 놓았다. 그래서 그의 외투나 시계는 친구들의 손을 거쳐 전당포 나들이를 부지런히 하였다.

불러도 대답 없을 동주 몽규건만 헛되나마 다시 부르고 싶은 동주! 몽규!

— 강처중, 「발문」, 윤동주 『하늘과 바람과 별과 시』,
정음사, 1948.1.20.

윤동주를 회상하는 친구들이나 후배들 글을 보면 산책을 즐겼다는 기록이 나옵니다. 이상섭 연세대 영문과 교수는 윤동주가 지금의 홍익대학교 근처까지 걸어갔던 일을 썼습니다.

그는 지금도 남아 있는 연희전문 기숙사에서 3년이나 살았는데 시간이 나면 혼자 근처 산과 들을 산보하였던 것 같다. 당시 연희의 숲은 무척 우거져서 여우, 족제비 등 산짐승이 많았고, 신촌은 초가집이 즐비한 서울(경성) 변두리 어디서나 볼 수 있던 시골 마을이었고, 사이사이에 채마밭이 널려 있었고, 지금의 서교동 일대(1960년대까지 '잔다리'라고 했

다)에는 넓은 논이 펼쳐 있었다. (……) 윤동주가 묵던 기숙
사에서 잔다리의 연못까지는 약 30분 거리, 거기서 10여 분
더 걸으면 강가(서강)에 도달했다.

— 이상섭, 『윤동주 자세히 읽기』

　지금 홍익대 근처인 잔다리 마을에는 연못이 있었는데 거기
에 갔다와서 쓴 시가 「이적」이라고 합니다.

　강처중이 산책하자 하면 "겨울이든 여름이든 밤이든 새벽
이든" "아무런 때 아무 데를 끌어도 선뜻 따라나"섰다고 하지
요. 윤동주의 시를 알렸던 강처중이 「종시」에 나오듯 '성 문
안'으로 들어가자고 권하면 윤동주가 응할 가능성은 충분히 있
습니다.

　이상하게도 강처중에 대한 정보는 그리 많지 않습니다. 윤동
주 시집을 만드는 데 기여한 사람으로 정지용 시인, 정병욱 교
수만 기억하고 있지만 사실 결정적인 작업은 강처중이 했을 가
능성이 큽니다.

　강처중은 시 원고뿐만 아니라, 졸업 앨범과 윤동주가 쓰던
의자까지도 보관하고 있었다고 합니다. 윤동주 시집을 만들 때
25세의 정병욱은 서울대 국문학과 4학년 학생이었는데, 만 31세
의 강처중은 현역 기자였던 것을 고려해보면, 강처중이 중요한
역할을 했으리라 추측할 수 있습니다. 게다가 1983년판 윤동주

시집에 실린 윤일주 교수의 서문을 보면 "1955년도 이래 시집 간행에 있어 늘 길잡이가 되어주시던 정병욱 선생"이라는 구절이 있어, 1955년 이전에 나온 초판 때는 정병욱이 주도적인 역할을 하지 않았다는 것을 확인할 수 있습니다.

강처중 선생의 역할은 왜 알려져 있지 않을까요. 그의 좌익 경력 때문입니다.

강처중은 해방후 '남로당의 실세'로 활약했습니다. 1953년 7월 27일 휴전협정이 맺어지고, 이후 강처중은 기밀정보를 북한에 알렸다고 보도되었습니다.(「괴뢰에 정부기밀 제공」, 《경향신문》, 1953. 9. 22.) '간첩 정국은 사건' 때 강처중은 증언자에 의해 남로당 특수정보책으로 알려졌다고 「남로당 자금으로 활동」(《동아일보》, 1953.11.18.)이라는 기사에 보도되었습니다. 결국 강처중은 간첩혐의로 사형을 선고받습니다.

일설에 의하면 사형선고는 받았으나 사형당하지 않고 살아 러시아로 갔다고도 합니다. 송우혜 선생의 『윤동주 평전』(2014)에는 강처중 선생의 부인 이강자(1919년생) 선생이 전하는 중요한 증언이 나옵니다.

사형선고 받은 것까지는 사실이나 처형당했다는 말은 사실이 아니라는 증언입니다. 러시아로 간 강처중의 행적은 아무도 모른다고 합니다.

다시 「종시」로 돌아와, 두 사람의 대화를 들은 윤동주는 결

누상동 9번지, 윤동주의 하숙집

...

왼쪽의 예쁜 한옥담이 있는 곳이 누상동 9번지, 윤동주의 하숙집이다. 사진 상에
옥인아파트가 있는 것으로 보아 1960년대 후반~70년대 초반으로 추정된다.

국은 "문(門) 안으로" 이사 가기로 합니다. '문 안'이란 동대문 남대문 서대문으로 이어진 서울 도성 안을 말합니다.

누상동 9번지 윤동주의 하숙집

연희전문에 입학하여 핀슨홀 기숙사에서 지내고 2학년 때인 1939년에는 신촌, 북아현동과 서소문에서 하숙했고, 3학년 때 다시 기숙사로 돌아갑니다. 4학년 때인 1941년 5월 초 정병욱과 함께 기숙사를 나오지요. 「종시」에는 생활을 더 알기 위해 성문 안으로 들어가 살기로 했다는 말이 나옵니다. 태평양전쟁 발발 이후 기숙사 식사가 변변치 않았기 때문이기도 했고요. 윤동주와 정병욱은 누상동에서 옥인동 쪽으로 내려가다 전신주에 붙은 '하숙 있음'이라는 쪽지를 발견합니다.

누상동에서 옥인동 쪽으로 내려오는 길목 전신주에 우연히 '하숙 있음'이라는 광고 쪽지를 발견했다. 누상동 9번지였다. 그길로 우리는 그 집을 찾아갔다. 그런데 집주인의 문패는 김송이라 쓰여 있었다. 우리는 서로 바라보며 고개를 갸우뚱거렸다. 설마 하고 대문을 두들겨 보았더니 과연 나타난 집주인은 소설가 김송씨 바로 그분이었다.

1941년 5월 그믐께 우리는 소설가 김송씨의 식구로 끼어
들어 새로운 하숙 생활이 시작되었다. 김송씨의 부인 조성녀
여사는 성악가로서 아름다운 목소리를 우리에게 가끔 들려
주셨고 저녁 식사가 끝나면 대청마루에서 홍차를 마시며 음
악을 즐기고 문학을 담론하기도 했었다.

— 정병욱, 「잊지 못할 윤동주 형」, 『바람을 부비고 서 있는 말들』,
집문당, 1980, 15~18쪽

집 주인은 소설가 김송으로 윤동주보다 여덟 살 위였습니다.
일본 유학 시절의 감옥 체험을 다룬 데뷔작 '지옥'을 공연하려
다가 중단당한 일제의 요시찰 인물이었습니다. 보통 사람이라
면 당연히 피해야 할 인물이건만 두 사람은 오히려 김송의 집
을 하숙집으로 정합니다.

누상동 9번지에서 윤동주가 생활한 것은 "1941년 5월 그믐"
부터 9월까지입니다. 당시 학기제는 1학기는 4월부터, 2학기
는 10월부터였습니다. 윤동주는 2학기가 시작되기 전에 다른
곳을 찾아 이사 갑니다.

"1941년 5월 그믐"부터 불과 3개월을 지낸 이 집에서 동주
는 「또 태초의 아침」 「십자가」 「눈 감고 가다」 「돌아와 보는
밤」 「바람이 불어」 등 시 아홉 편을 씁니다.

　이 시들은 윤동주 시에 결정적인 변화를 보이는 시편들입니다. 더욱 강해진 자아성찰에 더하여, 실천을 강하게 강조하는 구절들이 나옵니다. 개인적 영성을 넘어 사회적 영성이 확대된 시편을 볼 수 있습니다.

　소설가 김송의 영향이 있지 않았을까 추론해볼 수 있는 변화입니다. 누상동 9번지로 이사 갈 즈음에 쓴 「새벽이 올 때까지」를 보면 "모든 죽어가는 것"에 대한 언급이 나옵니다. 죽어가는 것이야말로 슬픔이 아닐 수 없습니다. 죽어가는 존재들, 병들거나 굶주려 죽어가거나, 징용되어 죽어가거나, 사라져가는 한글, 모두 슬픈 존재들입니다. 타인의 괴로움을 외면하지 않고 그 고통을 나누는 순간, 개인은 행복한 주체가 됩니다. 그들

과 더불어 슬퍼하는 것, 곁으로 가는 것이 삶이며 신앙이라고
깨닫는 겁니다.

　　다들 죽어가는 사람들에게
　　검은 옷을 입히시오.

　　다들 살아가는 사람들에게
　　흰옷을 입히시오.

　　그리고 한 침대(寢臺)에
　　가지런히 잠을 재우시오.

　　다들 울거들랑
　　젖을 먹이시오.

　　　　　　　　　　— 윤동주, 「새벽이 올 때까지」 일부, 1941. 5.

　"다들 죽어가는"이라는 표현이 여기서 처음 나옵니다. 살아
있는 사람들이 아니라, 살아 있지만 죽어가는 사람들입니다.
"모든 죽어가는 것을 사랑해야지"(「서시」)라는 표현은 6개월
전 이런 모양새로 나왔습니다.
　윤동주는 죽어가는 존재 곁에 있었습니다. 극한에 처한 약자

곁으로 다가가는 겁니다. "고향(故郷)에 돌아온 날 밤에 / 내 백골(白骨)이 따라와 한방에 누웠"고, "백골(白骨)을 들여다보며 / 눈물짓는 것이 내가 우는 것이냐 / 백골(白骨)이 우는 것이냐"(「또 다른 고향」, 9월)고 묻습니다.

죽은 백골 곁에 있는 존재가 윤동주입니다. 이웃이 누구냐가 문제가 아니고, 내가 이웃으로 살고 있는가를 묻고 있는 작품이지요.

'죽어가는 사람들'과 '살아가는 사람들'이 함께 옷을 입고, 잠을 자며 쉬고, 서로 젖을 먹으며 힘을 내자고 합니다. "젖을 먹이시오"라는 명령형은 윤동주가 목표로 했던 삶이기도 했습니다. 젖을 먹이는 삶은 "그가 누웠던 자리에 누워본다"(「병원」)며 '곁으로' 가고자 했던 의미이며, "죽어가는 것을 사랑해야지"(「서시」)라고 했던 다짐이기도 합니다.

종소리도 들려오지 않는데
휘파람이나 불며 서성거리다가,

괴로웠던 사나이,
행복(幸福)한 예수·그리스도에게
처럼
십자가가 허락된다면

쫓아오든 햇빛인데
지금 敎會堂 꼭대기
十字架에 걸리였습니다.

尖塔이 저렇게도 높은데
어떻게 올라 갈수 있을까요.

종소리도 들려오지 않는데

휘파람이나 불며
서성거리다가,

괴로웠든 사나이,
幸福한 예수·그리스도에게
처럼
十字架가 許諾된다면

목아지를 드리우고
꽃처럼 피여나는 피를
어두워 가는 하늘 밑에
조용히 흘리겠습니다.

一九四一、五、三一、

「십자가」 윤동주 육필 원고
...
이 시를 쓴 때는 1941년 5월 31일이다. 다만 '종소리도 들려오지 않는데'라는 문장은 11월경에 「하늘과 바람과 별과 시」를 수정할 때 썼던 얇은 펜으로 써 있다.
윤동주는 왜 '종소리도 들려오지 않는데'라는 문장을 삽입했을지 생각해볼 만한 대목이다.

모가지를 드리우고

꽃처럼 피어나는 피를

어두워가는 하늘 밑에

조용히 흘리겠습니다.

— 윤동주, 「십자가」, 1941.5.31.

이 시를 쓴 때는 1941년 5월 31일입니다. 다만 "종소리도 들려오지 않는데"라는 문장은 11월경에 「하늘과 바람과 별과 시」를 수정할 때 썼던 얇은 펜으로 썼습니다. 동주는 왜 이 문장을 삽입했을까요.

쇠붙이를 녹여 무기로 만들려고 일제는 모든 쇠붙이를 쓸어 갔습니다. 조선 교회의 노회 보고서에 따르면 1941년 10월경부터 '자발적으로' 교회 종(鐘)을 떼어 바치는 보고서가 나오기 시작합니다. 조선감리교단연맹은 1941년 10월 21일 이사회를 열고 제4항 '각 교회 소유의 철문과 철책 등을 헌납'하기로 결의했습니다. 아침예배 후 '영미응징승전기원'을 하고, 애국헌금도 하기로 결의합니다. 1942년에는 '조선장로호'라는 이름이 붙은 해군함상전투기 1기와 기관총 7정 구입비 15만317원 50전을 바치기도 했습니다. 당연히 "종소리도 들려오지 않는" 끔찍한 상황이었습니다.

희망이 없는 시대에 그는 "휘파람이나 불며 서성거"립니다.

이후 극적 전환이 이루어집니다. "괴로웠던 사나이" "행복한 예수" "처럼" 사랑하는 것이 얼마나 어려운지 동주는 알고 있었습니다.

> 태양을 사모하는 아이들아
> 별을 사랑하는 아이들아
>
> 밤이 어두웠는데
> 눈 감고 가거라.
>
> 가진 바 씨앗을
> 뿌리면서 가거라
>
> 발부리에 돌이 채이거든
> 감았던 눈을 왓작 떠라.
>
> — 윤동주, 「눈 감고 간다」, 1941.5.31.

이 시에도 실천을 촉구하는 세 번의 명령이 나옵니다. "~가거라", "~가거라", "~왓작 떠라"라고 명령합니다. 윤동주 시에서 아주 드문 경우지요. 밤이 얼마나 어두웠으면 다른 일에 겁먹지 말고 "눈 감고 가거라"라고 재촉했을까요. 사실 명령이 아니라 용기를 북돋는 표현이겠죠. 실천을 표현하는 가장 구체적인 구절은 3연입니다. "가진 바 씨앗을 뿌리면서 가거라"라고 합니다. 성경에 나오는 달란트 비유를 떠올릴 수 있겠습니다. 내가 못 배웠건, 돈이 없건, 몸이 약하건 상관없이, "가진 바 씨앗을" 뿌리라며 실천을 촉구합니다. 성경에는 누구든 씨앗, 곧 재능이 있다고 쓰여 있습니다.

> 각각 그 재능대로 한 사람에게는 금 다섯 달란트를, 한 사람에게는 두 달란트를, 한 사람에게는 한 달란트를 주고 떠났더니.
>
> — 마태복음 25장 15절

'중요한 구절은 각 개인에게 부여한 재능을, "각각 그 재능대로"라고 한 부분입니다. 윤동주의 「눈 감고 가라」에서는 "가진 바 씨앗을"이란 표현이 바로 떠오릅니다.

"울며 씨를 뿌리러 나가는 자는 반드시 기쁨으로 그 곡식 단을 가지고 돌아오리로다"(시편 126편)라는 구절도 있지요. 윤동주가 사망한 후 교토 하숙방을 확인했을 때 빈센트 반 고흐 화집과 서간집이 있었다고 하지요. 빈센트 반 고흐가 그린 그림 중에도 〈씨 뿌리는 사람〉(1850, 이 책 262쪽)이라는 그림이 있습니다.

"감았던 눈을 왓작 떠라"라는 구절도 의미 깊습니다. 눈을 뜨고 살아도 속고만 사는 사람들이 많습니다. 눈을 뜨고 살아도 지혜의 눈을 감고 사는 사람도 있습니다. 눈을 뜨고 살아도 영적인 눈을 감고 사는 사람들이 많습니다. 성경에는 "원하건대 그의 눈을 열어서 보게 하옵소서"(왕하 6:17)라는 구절이 자주 나옵니다.

지금 예로 든 「새벽이 올 때까지」「십자가」「눈 감고 가라」는 모두 누상동 9번지에서 하숙할 때 쓴 작품입니다. 하숙집 주인 김송 선생의 부인은 성악가였습니다. 성악가의 노래를 가끔 들을 수 있는 오붓하고 가족적인 분위기를 윤동주와 정병욱은 행복하게 누렸을 테죠. "아침 식사 전에는 누상동 뒷산인 인왕산 중턱까지 산책"하며 계곡물에 아무렇게나 세수하기도 했습니다. 겸재 정선(1676~1759)의 〈장동팔경첩〉(이 책 263쪽)에 나오는 돌다리 기린교가 등장하는 수성동 계곡 근방입니다. 지하철 경복궁역에서 내려 20분 정도 걸어올라가면 나오는 곳입니다.

"하학 후에는 충무로 책방들을 순방하였답니다. 음악다방에 들러 음악을 즐기면서 우선 새로 산 책을 들춰보기도 했습니다. 오는 길에 명치좌에 재미있는 프로가 있으면 영화를 보기도" 하며 경성(서울) 생활을 즐겼습니다.

이때부터 '성문 안'에 살면서 "매일(每日)같이 이 자국을 밟"

는 등하굣길을 반복합니다. 누상동으로 이사했던 이유는 성 안에서 살아보는 체험을 하고 싶었기 때문입니다. 아쉽게도 그 즐거움은 오래 가지 못했습니다.

빈틈없고 알찬 일상생활에 난데없는 횡액이 닥쳐왔다. 당시에 요시찰 인물로 되어 있었던 김송씨가 함흥에서 서울로 옮겨온 지 몇 달이 지난 후인지라 일본의 고등계(지금의 정보과) 형사가 거의 저녁마다 찾아오기 시작했다. 하숙집 주인이 요시찰 인물인데다가 그 집에 묵고 있는 학생들이 연희전문학교 문과 학생들이기 때문에 그들의 눈초리는 날이 갈수록 날카로워졌다. 무시로 찾아와서는 서가에 꽂혀 있는 책 이름을 적어가고 고리짝을 뒤지고 편지를 빼앗아가는 법석을 떨었다.

― 정병욱, 같은 책, 18쪽

결국은 다시 연희전문 기숙사로 돌아가기로 합니다만, 연희전문 기숙사로 다시 돌아가기까지 등굣길을 쓴 글이 「종시」입니다.

지금은 누상동에서 연세대로 가려면 총 136m, 왕복 6차로의 사직터널을 통과하여, 고가도로를 지나 금화터널을 지납니다. 1967년 5월 서울 최초의 터널인 사직터널이 준공되었지요.

지금 누상동에서 연세대까지는 자동차로 10분 거리입니다만, 윤동주가 살았던 시기에는 지금의 청와대 앞에 있는 효자동 전차 종점에서 전차를 타고 광화문 네거리를 거쳐 경성역(서울역)을 지나 서대문 쪽으로 돌아서 가야 했습니다. 윤동주는 누상동 9번지에서 지금의 광화문길을 전차로 타고 내려가, 남대문과 경성역을 거쳐, 터널을 지나 신촌역 쪽으로 가는 "매일같이 이 자국을 밟"는 등하굣길을 반복하여 오갑니다.

등교하는 아침에 효자동 전차 종점은 출발하는 시점(始點)이 되고, 하교하여 돌아올 때에는 종점(終點)이 되었습니다. 그리고 그 길을 되돌아가면서 윤동주는 전차 안 사람들의 표정, 창밖 풍경, 그것들을 보고 느낀 소감을 서술합니다. 이렇게 볼 때 「종시」는 누상동에서 연희전문까지 오가는 등굣길 풍경을 쓴 것이니, 1941년을 창작일시로 보는 것이 타당합니다.

「종시」의 창작일시는 책마다 다릅니다. 『윤동주 자필 시고 전집―사진판』에는 "연희전문 시절 작품으로, 창작일시 미상"으로 작품 연보에 올라 있습니다. 홍장학 편 『정본 윤동주 전집』은 1939년을 창작시기로 표시(161, 166쪽)했습니다. 이복규 편 『윤동주 시 전집』(지식과교양, 2016) 역시 1939년으로 표기하고 있는데, 이것도 잘못된 판단입니다. 다만 권영민 선생이 엮은 『윤동주 전집』(문학사상사, 2017)만은 「종시」의 창작일을 1941년으로 '추정'(51쪽)하고 있습니다. 1941년이 맞습니다.

열이면 열이 다 우수(憂愁) 그것이요

윤동주가 글로 남긴 경성 순례의 출발점은 광화문의 효자동 전차 종점으로 추측됩니다. 글에서 곧 광화문이 나오기 때문입니다. 당시 경성 시내 대중교통수단은 전차가 전부였다 해도 지나친 말이 아니었습니다. 노선은 모두 4개 노선으로 운임은 한 구간에 5전(1930년대) 정도 했습니다. 윤동주는 효자동 전차 종점의 풍경을 생생하게 묘사합니다.

나만 일찍이 아침거리의 새로운 감촉을 맛볼 줄만 알았더니 벌써 많은 사람들의 발자국에 포도(鋪道)는 어수선할 대로 어수선했고 정류장에 머물 때마다 이 많은 무리를 죄다 어디 갖다 터트릴 심산(心算)인지 꾸역꾸역 자꾸 박아 싣는데 늙은이 젊은이 아이 할 것 없이 손에 꾸러미를 안 든 사람은 없었다. 이것이 그들 생활의 꾸러미요, 동시에 권태의 꾸러미지도 모르겠다.

이 꾸러미들을 든 사람들의 얼굴을 하나하나씩 뜯어보기로 한다. 늙은이 얼굴이란 너무 오래 세파(世波)에 짜들어서 문제도 안 되겠거니와 그 젊은이들 낯짝이란 도무지 말씀이 아니다. 열이면 열이 다 우수(憂愁) 그것이요, 백이면 백이 다 비참 그것이다. 이들에게 웃음이란 가물에 콩싹이다. 필경(必境) 귀여우리라는 아이들의 얼굴을 보는 수밖에 없는데 아이들의 얼굴이란 너무나 창백하다. 혹시 숙제를 못 해서 선생한테 꾸지람 들을 것이 걱정인지 풀이 죽어 쭈그러뜨린 것이 활기란 도무지 찾아볼 수 없다. 내 상도 필연(必然)코 그 꼴일 텐데 내 눈으로 그 꼴을 보지 못하는 것이 다행이다. 만일 다른 사람의 얼굴을 보듯 그렇게 자주 내 얼굴을 대한다고 할 것 같으면 벌써 요사(夭死)하였을는지도 모른다.

나는 내 눈을 의심하기로 하고 단념하자!

세밀한 인물 묘사가 돋보입니다. 중요한 것은 윤동주의 눈길입니다. 윤동주는 지금 무엇을 어떻게 보고 있을까요. 윤동주는 서민을 관찰합니다. 그들은 "생활의 꾸러미" "권태의 꾸러미"를 둘러메고 있습니다. 늙은이는 세파에 찌들었고, 젊은이의 안색도 좋지 않으며, "백이면 백이 다 비참"합니다. 아이들의 얼굴까지도 숙제 못한 죄인마냥 "풀이 죽어 쭈그러뜨린 것이 혈기란 도무지 찾아볼 수" 없습니다. 그야말로 "모든 죽어가는 것"(「서시」)의 표정들입니다. 세상이 이렇게 보이는 이유는 윤동주 자신이 병적인 우울에 갇혀 있었기 때문이 아닐까요.

"나도 모를 아픔을 오래 참다 처음으로 이곳에 찾아왔다. (……) 이 지나친 시련, 이 지나친 피로"(「병원」)에 시달리고 있었지요. 스스로 견디기 힘드니 타자도 힘들게 보이는 것이 아닐까요. "열이면 열이 다 우수(憂愁) 그것이요, 백이면 백이 다 비참 그것이다"라는 구절이 그가 지금 보고 있는 식민지 백성의 표정일 겁니다.

이 글에 나오는 종점은 효자동 전차 종점일 가능성이 큽니다. 지금의 청와대 분수대 쪽에 있는 종점입니다. 경성관광협회에서 관광안내 팜플릿으로 만든 「京城觀光の志あり」에 수록된 지도 〈경성안내도(京城案內圖)〉(이 책 264쪽)를 보면 효자 종점이 명확히 표시되어 있습니다. 이 지도는 주요 가로망과 대중교통 수단 및 여관과 토산품점 등을 수록해놓아 관광의 편의를 제공할 목적으로 제작한 약도입니다.

지도에는 축척과 제작연대가 나와 있지 않으나 반도호텔(1936)이 있는 것으로 보아 1930년대 후반에 제작된 것으로 추정됩니다. 식민지 자본주의의 성장과 함께 조선에서 관광이 주요 산업으로 자리잡고 있음을 보이는 자료입니다. 효자동 종점 이야기는 여러 소설에서 나옵니다. 염상섭의 『삼대』에서도 효자 종점이 나옵니다. 효자 종점은 1930년대부터 60년대 작품까지 등장합니다.

전차가 효자동 종점에 가까워졌을 때 덕기는 차 속에 일어서서 박람회 이후로 일자로 부쩍 는 일본집들을 유심히 보았으나 (염상섭, 『삼대』, 1931)

김강사는 악마의 마음을 먹은 심잡고 과자상자를 들고 서대문행 전차를 탔다. 그러나 그의 결심은 오래 계속되지 못했다. 그는 광화문 정류장에서 전차를 내려 효자동 가는 전차를 타지 않고 천천히 종로로 갔다. (유진오, 「김강사와 T교수」, 1935)

문임에게도 말없이 혜련은 준상과 사오차 편지 왕복이 있던 끝에 준상의 제의로 오후 일곱 시에 효자동 전차 종점에서 만나기로 하였던 것이다. (이광수, 『애욕의 피안』, 1936)

효자동 전차 종점은 1960년대 문학에도 나옵니다. 효자동 종점 부근에서 1960년 4.19 때 많은 시민과 학생이 죽었습니다.

"아침 맑은 나라 거리와 거리 / 광화문 앞 마당, 효자동 종점에서 / 노도처럼 일어난 이 새피 뿜는 불기둥의 항거— / 충천하는 자유에의 의지—" (신동엽, 「아사녀」, 1963)

효자동 종점이나 영추문 앞 전차역을 지나 윤동주는 태평로 (현재 광화문로)의 여러 건물을 봅니다. 금성(禁城)은 궁궐을 둘러싼 성벽을 말합니다.

차라리 성벽 위에 펼친 하늘을 쳐다보는 편이 더 통쾌하다. 눈은 하늘과 성벽 경계선을 따라 자꾸 달리는 것인데 이 성벽이란 현대로서 카무플라주한 옛 금성(禁城)이다. 이 안에서 어떤 일이 이루어졌으며 어떤 일이 행하여지고 있는지 성 밖에서 살아왔고 살고 있는 우리들에게는 알 바가 없다. 이제 다만 한 가닥 희망은 성벽이 끊어지는 곳이다.

이 성벽이 끊어지기를 바라는 희망은 식민지적 중세 노예왕조가 끝나기를 바라는 암시적 표현일까요. 이 표현이 무슨 뜻인지 모호합니다. 경복궁을 지나고 나서 윤동주는 태평로(지금의 광화문)에서 남대문 쪽으로 향하면서 눈에 보이는 사물들을 일별합니다.

기대는 언제나 크게 가질 것이 못 되어서 성벽이 끊어지는 곳에 총독부(總督府), 도청(道廳), 무슨 참고관(參考館), 체신국(遞信局), 신문사(新聞社), 소방조(消防組, 소방서), 무슨 주식회사(株式會社), 부청(府廳), 양복점(洋服店), 고물상(古物商) 등 나란히 하고 연달아 오다가 아이스케이크 간판에 눈이 잠깐 머무는데, 이놈을 눈 내린 겨울에 빈 집을 지키는 꼴이라든가 제 신분에 맞지 않는 가게를 지키는 꼴을 살짝 필름에 올리어 본달 것 같으면 한 폭의 고등 풍자만화(諷刺漫畫)가 될 터인데 하고 나는 눈을 감고 생각하기로 한다. 사실 요즘 아이스케

1930년대 경성부청

...

윤동주가 전차를 타고 통학할 때마다 보았던 경성부청,
현재 서울도서관 건물이다.

1940년대 숭례문(崇禮門) 주변

...

일제는 숭례문 주변의 성곽을 모두 허물어 양쪽에 도로를 냈다.
조선 왕조의 얼굴이었던 숭례문은 도로에 둘러싸여 먼지에 싸여갔다.
윤동주가 통학했을 법한 전차가 숭례문 옆을 지나고 있다.

이크 간판 신세를 면치 아니치 못할 자 얼마나 되랴. 아이스 케이크 간판은 정열에 불타는 염서(炎署)가 진정코 아수롭다.

밑줄 친 부분을 보면 윤동주가 경복궁에 있던 총독부 건물에서 광화문 통을 거쳐 남대문 쪽으로 차례로 내려오면서 쓰고 있는 것을 볼 수 있습니다.

체신국 청사는 디자인학교인 독일 바우하우스와 비슷한 지상4층의 철근 콘크리트조 건물로 1926년에 지었습니다. 당시 이 건물에는 체신박물관, 보험건강상담소와 함께 체신관계자들의 복지·휴식 공간이 있었는데 최상층인 4층에는 다다미방과 양식 침실 등이 있어 덕수궁을 내려다볼 수 있도록 했습니다. 부지면적은 1088m²으로 구관과 신관으로 이뤄졌습니다(김향미, 「세종대로 일대 '역사문화공간' 조성」,《경향신문》, 2015.7.26).

1936년에 건축된 경성소방소의 6층 망루는 당시 고층 건물로 볼거리였습니다. 경성소방소는 현재 동아일보사 아래쪽 프레스센터 앞 도로 근방에 있었습니다. 광화문 도로가 확장되면서 뒤로 옮겼고, 현재 중구소방서라는 이름으로 바뀌었습니다.

이 글에서 나오는 '부청'은 경성부청입니다. 현재 서울도서관으로 쓰이고 있는 과거 '서울시청' 건물을 말합니다.

눈을 감고 한참 생각하노라면 한 가지 거리끼는 것이 있는데 이것은 도덕률(道德律)이란 거추장스러운 의무감이다. 젊은 녀석이 눈을 딱 감고 버티고 앉아 있다고 손가락질하는 것 같아서 번쩍 눈을 떠본다. 하나 가까이 자선할 대상이 없음에 자리를 잃지 않겠다는 심정보다 오히려 아니꼽게 본 사람이 없으리란 데 안심이 된다.

이것은 과단성 있는 동무의 주장이지만 전차에서 만난 사람은 원수요, 기차에서 만난 사람은 지기(知己)라는 것이다. 딴은 그러리라고 얼마큼 수긍하였댔다. 한자리에서 몸을 비비적거리면서도 "오늘은 좋은 날씨올시다", "어디서 내리시나요" 쯤의 인사는 주고받을 법한데 일언반구 없이 뚱한 꼴들이 작히나 큰 원수를 맺고 지내는 사이들 같다. 만일 상냥한 사람이 있어 요만쯤의 예의를 밟는다고 할 것 같으면 전차 속의 사람들은 이를 정신이상자로 대접할 게다. 그러나 기차에서는 그렇지 않다. 명함을 서로 바꾸고 고향 이야기, 행방 이야기를 거리낌 없이 주고받고 심지어 남의 여로(旅勞)를 자기의 여로인 것처럼 걱정하고, 이 얼마나 다정한 인생행로냐.

전차와 기차를 비교하는 대목은 정말 재미있죠.

"전차 안에서 만난 사람은 원수"라는 말은 요즘 지하철에서 서로 자리를 차지하려 경쟁하는 원수라고 생각하면 이해가 빠를 것입니다. 반면에 오랫동안 옆자리에서 같은 행선지로 가야 할 "기차에서 만난 사람은 지기"입니다.

기차를 타고 학교를 다닌 경험이 있는 저는 이 부분을 읽으며 막 웃었습니다. 예전에도 마찬가지였구나, 한참 웃었습니다. 기차에서는 옆에 앉은 승객과 오랫동안 함께 가야 합니다. 별말을 다 들어야 합니다. 바로 옆에서 혼자 먹기 뭐해서 과자도 나누고 군밤도 나눕니다. 전차나 지하철에서 이런 행동을 하면 이상하겠죠. 전차나 지하철에서는 자기 자리 찾기 바쁩니다. 전차나 지하철에서는 서로 "뚱한 꼴"로 "원수 맺고 지내는 사이" 같지만, 기차 안에서는 서로 어디 사는지 어디 가는지 묻기도 합니다. 이런 상황을 윤동주는 "전차에서 만난 사람은 원수요. 기차에서 만난 사람은 지기"라고 썼습니다. 매일 등하굣길에 전차와 기차를 번갈아 타고 가던 윤동주가 체험했던 일상이었을 겁니다.

이러는 사이에 남대문(南大門)을 지나쳤다. 누가 있어 "자네 매일같이 남대문을 두 번씩 지날 터인데 그래 늘 보곤 하는가"라는 어리석은 듯한 멘탈 테스트를 낸다면은 나는 아연(俄然)해지지 않을 수 없다. 가만히 기억을 더듬어본달 것 같으면 늘이 아니라 이 자국을 밟은 이래 그 모습을 한 번이라도 쳐다본 적이 있었던 것 같지 않다. 하기는 그것이 나의 생활에 긴한 일이 아니매 당연한 일일 게다. 하나 여기에 하나의 교훈이 있다. 횟수가 너무 잦으면 모든 것이 피상적인 것이 되어버리느니라.

　이쯤에서 오독을 지적하려 합니다. 홍장학은 「종시」의 첫 구절 "종점(終點)이 시점(始點)이 된다. 다시 시점이 종점이 된다"를 '연희전문학교 기숙사에서 생활하던 윤동주의 의도적이고 주기적인 나들이', 즉 '신촌역 ⇄ 남대문 성벽 부근' 체험과 그에 부수된 상념이 주된 내용"(홍장학, 636쪽)이라고 설명합니다. 윤동주는 앞서 썼듯이 "매일같이 이 자국을 밟게 된" 길이며, 현재 광화문에 있는 건물들을 보고 내려와 남대문을 거쳐, 두 개의 터널을 통과하여 신촌역으로 가는 왕복 등하굣길을 드러내고 있는 것입니다. 연희전문에 살면서 "매일같이" 이런 나들이를 할 리는 없겠죠. 매일 등하굣길에 오가며 두 번씩 남대문을 보기에, '자네 매일같이 남대문을 두 번씩 지날 터인데 그래 늘 보곤 하는가'라는 내면의 목소리를 듣는 겁니다. 홍장학이 썼듯이 '주기적인 나들이'가 아니라, 매일 오가는 등하굣길에 본 풍경을 쓴 내용입니다.

　이것과는 관련이 먼 이야기 같으나 무료(無聊)한 시간을 까기 위하여 한마디 하면서 지나가자.
　시골서는 내로라고 하는 양반이었던 모양인데 처음 서울

구경을 하고 돌아가서 며칠 동안 배운 서울 말씨를 섣불리 써가며 서울 거리를 손으로 형용하고 말로써 떠벌려 옮겨놓더라는데, 정거장에 턱 내리니 앞에 고색(古色)이 창연(蒼然)한 남대문이 반기는 듯 가로막혀 있고, 총독부 집이 크고, 창경원(昌慶苑)에 백 가지 금수가 봄 직했고, 덕수궁(德壽宮)의 옛 궁전이 회포(懷抱)를 자아냈고, 화신승강기(和信昇降機)는 머리가 힝—했고, 본정(本町, 혼마치)엔 전등이 낮처럼 밝은데 사람이 물 밀리듯 밀리고 전차란 놈이 윙윙 소리를 지르며 지르며 연달아 달리고—서울이 자기 하나를 위하야 이루어진 것처럼 우쭐했는데 이것쯤은 있을 듯한 일이다. 한데게도 방정꾸러기가 있어

"남대문이란 현판(懸板)이 참 명필이지요"

하고 물으니 대답이 걸작이다.

"암 명필이구말구, 남(南) 자 대(大) 자 문(門) 자 하나하나 살아서 막 꿈틀거리는 것 같데"

어느 모로나 서울 자랑하려는 이 양반으로서는 가당(可當)한 대답(對答)일 게다. 이분에게 아현(阿峴)고개 막바지에, —아니 치벽한 데 말고, —가까이 종로(鐘路) 뒷골목에 무엇이 있던가를 물었다면 얼마나 당황해했으랴.

"무료한 시간을 까기 위하여" 윤동주는 재밌는 이야기를 삽

THE SYORO ROAD CROSS AND
THE WASIN COMPANY, KEIZYO
・点叉大勤鋼い少政美市都　【所名城東】
?店貨百はる て鐘

종로2가 1937년 11월 11일에 개점한 화신백화점의 전경

...

새로 연 화신백화점에서 최신 엘리베이터를 탔던 윤동주는
"화신 승강기는 머리가 힝 – 했고"라고 표현했다. 현재는 종로타워가 서 있다.

입합니다. 시골서는 내로라고 하는 양반이 경성 구경을 하고 와서 종로 화신백화점에서 승강기도 타보고 혼마치[本町]를 다녀와서 떠벌리는 모습을 그리고 있습니다. 혼마치는 일제강점기 시기 청계천 남쪽 일본인이 거주하던 '진고개' 지역으로 지금 충무로와 명동 지역입니다(이 책 265쪽). 긴자(銀座) 거리를 어정거리는 것을 '긴부라(銀ぶら)'라 한다면, 이 양반이 혼마치를 어정거리는 것은 '혼부라(本ぶら)'라고 할 수 있을 겁니다. 그런데 이 양반은 정작 경성의 후진 곳을 알지 못한다고 윤동주는 지적합니다.

"이분에게 아현(阿峴)고개 막바지에, ―아니 치벽한 데 말고"라는 문장에서 '치벽(─僻)하다'는 형용사로 '외진 곳에 치우쳐서 구석지다'라는 뜻입니다. "연변에서도 가장 치벽하다는 곳"이라는 식으로 지금도 쓰고 있는 형용사예요. 이 문장은 아현 고개 막바지에 외지고 구석진 곳 말고, 가까이 종로 뒷골목에 무엇이 있는지를 그 떠벌이 양반은 모른다는 뜻입니다.

정병욱은 윤동주가 쓴 「종시」와 비슷한 글을 남깁니다. 아래 글을 읽으면 그가 윤동주와 함께 연희전문 수업을 마친 후, 명동 한국은행 앞까지 전차를 타고 들어가 명동에서 도보로 을지로, 청계천을 거쳐 서점 순례하는 이야기가 나옵니다.

그 무렵 우리의 일과는 대충 다음과 같다. 아침 식사 전에는 누상동 뒷산인 인왕산 중턱까지 산책을 할 수 있었다. 세수는 산골짜기 아무데서나 할 수 있었다. 방으로 돌아와 청소를 끝내고 조반을 마친 다음 학교로 나갔다. 하학 후에는 기차편을 이용하였고, 한국은행 앞까지 전차로 들어와 충무로 책방들을 순방하였습니다. 지성당, 일한서방 등 신간 서점과 고서점을 돌고 나면, 음악다방에 들러 음악을 즐기면서 우선 새로 산 책을 들춰보기도 하였습니다. 돌아오는 길에 재미있는 프로가 있으면 영화를 보기도 하였습니다. 극장에 들르지 않으면 명동에서 도보로 을지로를 거쳐 청계천을 건너 관훈동 헌책방을 다시 순례했다. 거기서 또 걸어서 적선동 유길서점에 들러 서가를 훑고 나면 거리에는 전깃불이 켜져 있을 때가 된다. 이리하여 누상동 9번지로 돌아가면 조여사가 손수 마련한 저녁 밥상이 있었고, 저녁 식사가 끝나면 김선생의 청으로 대청마루에 올라가 한 시간 남짓한 환담 시간을 갖고 방으로 돌아와 자정 가까이까지 책을 보다가 자리에 드는 것이었다.

— 정병욱, 같은 책, 16~17쪽

북만주에서 온 윤동주와 광양이라는 남쪽 해안에서 온 정병욱, 두 시골 출신 청년에게 경성 산책은 암담한 시절을 견디게

하는 "오늘도 내일도 새로운 길"(윤동주, 「새로운 길」)이었을 겁니다.

얼굴이 숙어들어 집으로 온다

다시 "나는 종점을 시점으로 바꾼다"라는 말이 등장합니다.
일단 원문을 읽어 보겠습니다.

나는 종점을 시점으로 바꾼다.

내가 내린 곳이 나의 종점이요, 내가 타는 곳이 나의 시점
이 되는 까닭이다. 이 짧은 순간 많은 사람들 사이에 나를 묻
는 것인데 나는 이네들에게 너무나 피상적이 된다. 나의 휴
머니티를 이네들에게 발휘해낸다는 재주가 없다. 이네들의
기쁨과 슬픔과 아픈 데를 나로서는 측량한다는 수가 없는 까
닭이다. 너무 막연하다. 사람이란 횟수가 잦은 데와 양이 많
은 데는 너무나 쉽게 피상적이 되나 보다. 그럴수록 자기 하
나 간수하기에 분망(奔忙)하나 보다.

시그널을 밟고 기차는 왱―떠난다. 고향으로 향한 차도
아니건만 공연(空然)히 가슴은 설렌다. 우리 기차는 느릿느
릿 가다 숨차면 가(假)정거장에서도 선다. 매일같이 웬 여자
들인지 주룽주룽 서 있다. 제마다 꾸러미를 안았는데 예의

그 꾸러민 듯싶다. 다들 방년(芳年) 된 아가씨들인데 몸매로 보아하니 공장으로 가는 직공들은 아닌 모양이다. 얌전히들 서서 기차를 기다리는 모양이다. 판단을 기다리는 모양이다. 하나 경망스럽게 유리창을 통하여 미인판단을 내려서는 안 된다. 피상법칙이 여기에도 적용될지 모른다. 투명한 듯하나 믿지 못할 것이 유리다. 얼굴을 찌깨논 듯이 한다든가 이마를 좁다랗게 한다든가 코를 말코로 만든다든가 턱을 조개턱으로 만든다든가 하는 악희(惡戱)를 유리창이 때때로 감행하는 까닭이다. 판단을 내리는 자에게는 별반 이해관계가 없다손 치더라도 판단을 받는 당자에게 오려던 행운이 도망갈는지를 누가 보장할소냐. 여하간 아무리 투명한 꺼풀일지라도 깨끗이 벗겨버리는 것이 마땅할 것이다.

이 인용문에서 "다시 종점을 시점으로 바꾼다"는 말은 전차에서 내려 이제 기차 종점인 경성역을 시점(始點)으로 갈아타야 하는 상황을 말하는 것으로 보입니다. 윤동주가 연희전문으로 등교할 때, 전차에서 기차로 갈아탄 곳은 경성역, 지금의 서울역이었습니다. 그래서 이어서 "시그널을 밟고 기차는 왱―떠난다"라고 썼습니다. 이후에는 기차 유리창을 통해 밖을 볼 때 왠지 실물과 달리 보이는 현상을 쓰고 있습니다. 여기서 여성 노동자에 대한 언급이 나옵니다.

매일같이 웬 여자들인지 주룽주룽 서 있다. 제마다 꾸러미를 안았는데 예의 그 꾸러민 듯싶다. 다들 방년(芳年) 된 아가씨들인데 몸매로 보아하니 공장으로 가는 직공들은 아닌 모양이다. 얌전히들 서서 기차를 기다리는 모양이다. 판단을 기다리는 모양이다.

「종시」에서 여성노동자에 대한 언급이 나오는 부분입니다.

1929년 대공황의 한파(寒波)는 식민지 조선에도 밀려왔습니다. 1930년대에는 농촌의 빈곤화를 견디다 못한 농민들이 도시나 국외로 일거리를 찾아 이주했습니다. 국내 노동자는 1921년에 만 명이었던 가내공업노동자, 1931년 광산노동자 및 운수, 건설노동자까지 합친다면 22만 명 정도에 달했습니다. 이들의 대다수는 경공업, 특히 방직과 식료품공업 부문에 종사했는데, 이중 여성노동자는 35.2%를 점하고 있었습니다.

여성노동자들은 지독한 저임금을 감수해야 했습니다. 더욱이 조선 여성은 이중의 굴레를 쓰고 있었습니다. 일본인 남자 하인의 임금을 100으로 할 때, 조선인 남자 하인은 50, 조선인 여자 하인은 일본인의 4분의 1인 25를 손에 쥘 뿐이었습니다(「조선 여자 임금, 일본남자 임금 반의 반 토막」, 《한겨레신문》, 2019. 2. 14).

1931년 5월 평양 평원고무공장에서 있었던 최초의 여성 노동자 강주룡의 망루투쟁 사건은 여성 노동자 문제를 잘 드러내고

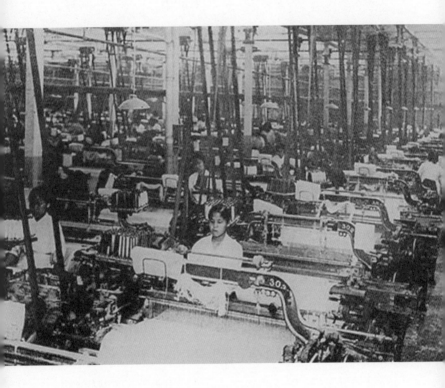

일제강점기 서울 영등포 경성방직 공장에서
여공들이 작업을 하고 있는 모습

…

높다란 담으로 둘러싸인 방직공장을 여공들은 감옥에 비유하곤 했다. 일본
자본가들은 노동자들을 저임금에 휴일도 없이 하루 12시간 넘게 일하는 노동 착취의
현장으로 내몰았다. 노동자들에게 노동은 피할 수만 있으면 피하고 싶은 전쟁과도
같은 고역이었다.

있습니다. 졸저 「망루의 상상력, 사회적 영성」(『곁으로』, 2015. 164~167쪽) 내용을 요약하여 여기 인용합니다.

조선인 사장은 노동자들에게 임금을 원래대로 줄 수 없다고 알렸어요. 불황으로 도저히 임금을 줄 수 없다는 것이었습니다. 평양에 있는 다른 열두 개 고무공장 사장들도 같은 이유로 2천 3백여 노동자들의 임금을 못 주겠다고 알렸습니다. 즉시 파업에 들어간 노동자들은 굶어 죽겠노라며 '아사(餓死)농성'을 시작했습니다. 그렇지만 사장은 파업에 들어간 주동자 49명 전원을 냉혹하게 해고시키고, 순사를 불러 노동자들을 공장 밖으로 몰아냈어요.

이때 노동자 강주룡은 더 이상 길이 없다고 생각해서 목숨을 끊어 이 비극을 알려야겠다고 생각했습니다. 광목 한 필을 사서 목을 매 죽으려다가 건너편에 있는 높은 을밀대를 보았습니다. 11미터 축대 위에 세워진 을밀대는 5미터 정도의 높은 건물이었습니다. 강주룡은 광목 끝에 돌을 묶어 을밀대 지붕으로 몇 번 던져 줄을 걸고는 지붕 위로 올라갑니다. 1931년 5월 28일 밤이었습니다. 그녀는 한 잡지의 인터뷰에 응해 당시 상황을 남겼습니다.

"우리는 49명 우리 파업단의 임금감하를 크게 여기지는 않습니다. 이것이 결국은 평양의 2천 3백 명 고무공장 직공의 임

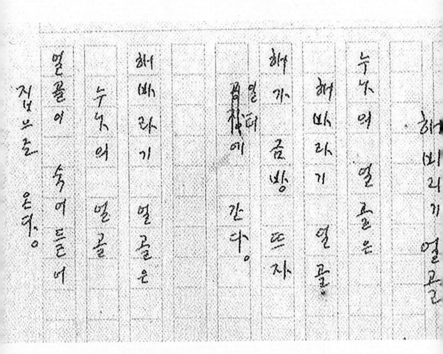

「해바라기 얼굴」 윤동주 육필 원고

...

4행에 "공장에 간다"라고 썼다가 "공장"이라는 글자를 지우고
"일터"로 고친 흔적이 보인다.

금감하의 원인이 될 것이므로 우리는 죽기로써 반대하려는 것입니다. 2천3백 명 우리 동무의 살이 깎이지 않기 위하여 내 한 몸뚱이가 죽는 것은 아깝지 않습니다. 내가 배워서 아는 것 중에 대중을 위해서는 (……) 명예스러운 일이라는 것이 가장 큰 지식입니다. 이래서 나는 죽음을 각오하고 이 지붕 위에 올라왔습니다. 나는 평원고무 사장이 이 앞에 와서 임금감하 선언을 취소하기까지는 결코 내려가지 않겠습니다. 끝까지 임금감하를 취소치 않으면 나는 근로대중을 대표하여 죽음을 명예로 알 뿐입니다. 그러하고 여러분, 구태여 나를 여기서 강제로 끌어낼 생각은 마십시오. 누구든지 이 지붕 위에 사다리를 대놓기만 하면 나는 곧 떨어져 죽을 뿐입니다."

이것은 강주룡이 5월 28일 밤 12시 을밀대 지붕 위에서 밤을 밝히고 이튿날 새벽 산보 왔다가 이 희한한 광경을 보고 모여든 백여 명 산보객 앞에서 한 일장 연설이다. 이 연설을 보아서 체공녀 강주룡의 계급의식의 수준을 엿볼 수 있다.

— 무호정인(無號亭人), 「을밀대상의 체공녀 — 여류투사 강주룡 회견기」, 『동광』 23호, 1931.7.

일본에서는 지붕이 아닌 공장 굴뚝에 오르는 노동자를 연돌남(煙突男)이라 했고, 우리는 지붕에 오르는 여성 노동자를 체공녀라 했으니 높은 곳에 올라 항의하는 방식은 꽤 오래 전부터 있어 왔다는 것을 알 수 있습니다.

5월 29일 아침 '체공녀 강주룡'은 밤새 퍼진 소문을 듣고 몰려온 수백명의 사람들을 향해 평원고무공장의 착취에 대해 연설하기 시작했습니다. 한국근대사에서 최초로 벌어진 이 망루투쟁은 일본 순사가 그녀를 체포하여 9시간 30분 만에 끝납니다. 여성 노동자 문제는 이렇게 1930년대에는 중요한 사회문제였습니다.

윤동주 시에 여성 노동자가 등장하는 것은 연희전문에 입학했던 1938년입니다.

누나의 얼굴은

해바라기 얼굴

해가 금방 뜨자

일터에 간다.

해바라기 얼굴은

누나의 얼굴

얼굴이 숙어 들어

집으로 온다.

— 윤동주, 「해바라기 얼굴」, 1938.5.

그의 친필 원고지를 보면 4행에 "공장에 간다"라고 썼다가 "공장"이라는 글자를 지우고 "일터"로 고친 흔적이 보입니다. 왜 지웠을까요. '노동자', '공장', '프롤레타리아' 같은 단어들은 당시 파시즘 사회에서는 검열되어 책으로 나올 수가 없었습니다. 이에 부담을 느꼈던 윤동주 자신이 수정했던 부분을 볼 수 있는 대목입니다. 이 시는 1930년대 과로에 지친 여성노동자의 모습을 해바라기에 비유하고 있습니다. 윤동주가 「해바라기 얼굴」을 쓰던 때 여성 노동자는 첨예한 문제였고, 노동자의 새로운 전형(典型)이었습니다.

당시 여성의 노동력을 주제로 한 작품은 많았어요. 공장에서 남자보다 값싼 여성 노동자가 대거 고용되던 시기였습니다. 당연히 프롤레타리아 시인들은 여성 노동자를 시의 서정적 화자로 등장시키기 시작했습니다. 나카노 시게하루[中野重治, 1902~1979]만이 아니라 많은 시인들이 여성을 서정적 화자 혹은 주인공으로 시에 등장시켰어요.

"째브러진 초가삼간에서도 길에 나올 때에는 불란서 파리나 뉴욕 만핫탄에서 부침하는 여성들의 옷을 걸치고 나와야만"(안석영, 「모던 걸」) 하는 '모던 걸'들도 있었지만, 1920년대는 "화장하고 작업복 입고 공장으로 들어가는"(이광수, 「육장기」) 방직공장 여공들이 사회의 저변을 이루기 시작한 시대였습니다. 비단 일본 사회뿐만 아니라 식민지 조선도 마찬가지였습니다.

여직공은 "악마의 굴 속 같은 작업물 안에서 / 무릎을 굽힌 채 고개 한번 돌리지 못하고"(유완희 「여직공」) 열두 시간을 일하면서, "태양도 잘 못 들어오는 / 어두컴컴하고 차듸찬 방"(권환 「우리를 가난한 집 여자이라고」)에서 지내야 했습니다. 산업적 신분으로는 엄연히 존재하는 이들이 정치적 사회적 신분으로는 대우받지 못합니다. 여성 노동자는 시대의 흐름에 따라가지 못하는 늦깎이들로서, 그 흐름을 방해하는 범죄자로 몰리면서, 이들에게 차별이나 폭력을 행사해도 큰 처벌을 받지 않았던 것입니다.

황달병에 걸리듯 누렇게 뜬 "해바라기 얼굴"이 된 여성 노동자들은 파시즘 국가들이 국가체제를 유지하기 위해 희생양으로 버려지는 하찮은 존재였습니다. 무소부재의 자본이라는 권력은 여성노동자를 '벌거벗은 존재', 호모 사케르(Homo Sacer)로서 대우했습니다. 이 여성들은 인간으로 대우받아야 마땅한 신성한 존재들이건만, 시대의 논리를 깨닫지 못했다는 죄로, 시대의 희생양이 되었던 것입니다. 사회를 유지하기 위해 자본주의는 이들을 밖으로 내몰지 않고, 안으로 끌어안고 '배제·차별'했습니다.

호모 사케르는 신성한 인간을 뜻하지만, 실제로는 범죄를 저질렀거나 어떤 불결함을 지녔기에 신성한 제단에 바칠 수 없는 존재였다. 로마 시대의 기록에 따르면 '호모 사케르를 희생물로 삼는 것은 합법적이지 않지만 그를 죽이는 자가 살인죄로 처벌받는 건 아니다'라고 되어 있다. 호모 사케르는 그 사회가 시민에게 부여하는 어떤 보호도 받지 못한 채 단지 숨 쉬는 생명체로, 날것의 인간으로 살아간다.
— 조르조 아감벤, 『호모 사케르』, 새물결, 2008. 49쪽

"시민에게 부여하는 어떤 보호도 받지 못한 채 단지 숨 쉬는 생명체"로 살아가는 삶이 식민지 여성 노동자의 일상이었습니다. 여성을 비정규직으로 그때 그때 바꿔치기하는 것은 자본주의 시장 운영에서 가장 기본적이고 손쉬운 방법이었죠. 여성을 해한다 해도 "처벌받는 건 아"닌 남성중심의 식민자본주의 사회였습니다.

임화의 시에서도 여성 노동자가 등장합니다.

관부연락선이 뿌— 하고 신음하는데
바쁘게 경적을 울리며 달리는 순시함의 순경이 든 붉은 전등이
미친개의 눈동자같이 빛나고 있다
(……)
오오 수만의 동포가 이산의 눈물을 흘리며
지난해 조방(朝紡)의 스트라이크가 실패한

애처로운 투쟁에서 자매들의 상처투성이 노래가 울려 퍼
졌다

우리들의 바다! 현해탄은 출렁인다

오오 언제 저녁 바람이 잠잘지 모르는 현해탄의 거친 파
도여!

우리들의 고통스러운 투쟁의 노래도

이 바다처럼 퍼져가며 파도처럼 높아가고 있는 것을 알고
있는가?

—「3월 1일」을 ×××날로써 기념하라!

— 임화, 「현해탄(玄海灘)」 일부, 1938.

이 시에서도 "자매들의 상처투성이 노래로" 상징되는 여공
이 등장합니다. 시인은 일본과 한국을 오가는 관부연락선을 타
고 수많은 동포가 흩어져 사는 이산(離散)을 생각합니다. 배 안
에서 조방, 즉 조선방직공장에서 여성 자매 노동자들이 파업에
실패했던 일을 화자는 떠올립니다. 파업에 실패했던 아픔을 거
친 파도가 몰아치는 현해탄의 어두운 밤과 적절하게 유비시키
고 있습니다. 관부연락선의 기적 소리마저 '신음'으로 들리고,
수만 동포의 '눈물'은 출렁이는 현해탄의 파도 같습니다. 여기
서 여공은 역사의 중심에 서지 못하고 주변(周邊)에 있습니다.
그러나 시에 여공이 등장하더라도, 구체적으로 여성이 어떻게

살아가는지 어떻게 노동하고 있는지를 임화는 형상화하지 못하고 있습니다. 그가 구체적으로 그리고 있는 여성들은 앞서 「네 거리의 순이」에서 보았듯이, 노동하는 주체적 여성이기보다는 남성에 속해 있는 의존적인 여성적 화자입니다.

여성 노동자를 주목하는 시각을 임화의 경우에 대해 김윤식은 '누이 콤플렉스'(김윤식, 『임화연구』, 문학사상, 1989. 180~192쪽)라고 이름 붙였습니다. 윤동주는 그의 시에 자주 '어머니=고향=누이=모성' 관계를 보여줍니다. 프로이트가 말한 모성회귀본능(母性回歸本能)과 관계 지을 수도 있겠습니다.

윤동주가 쓴 「해바라기 얼굴」은 임화의 「현해탄」에 등장하는 여공의 모습과 다릅니다. 윤동주의 「해바라기 얼굴」에 나오는 여공 누이는 바로 앞에서 보는 듯 생생합니다.

여성 노동자를 시에 등장시킨 것과 마찬가지로, 산문 「종시」에서는 철도 건설 노동자가 등장합니다. 일제가 조선의 병참기지화를 위해 '복선철도'를 추진했던 바로 그 장면을 윤동주는 시에 담았던 것입니다. 윤동주가 그 시대의 첨예한 문제를 드러내는 '문제적 개인(問題的 個人)'에 주목하고 있다는 증거예요.

거리 한가운데 터널이 있다는 것은 얼마나 슬픈 일이냐

당시에도 신촌역에서 경성역까지 가려면, 얼마 안 되는 거리
에 터널 두 개를 통과해야 했습니다. 서울역에서 연희전문 쪽
으로 향하면서 윤동주는 터널 안으로 들어갑니다.

이윽고 터널이 입을 벌리고 기다리는데 거리 한가운데 지
하철도도 아닌 터널이 있다는 것이 얼마나 슬픈 일이냐, 이
터널이란 인류역사의 암흑시대요, 인생행로의 고민상이다.
공연히 바퀴 소리만 요란하다. 구역날 악질(惡質)의 연기가
스며든다. 하나 미구(未久)에 우리에게 광명의 천지가 있다.
터널을 벗어났을 때 요즈음 복선공사(複線工事)에 분주한
노동자들을 볼 수 있다. 아침 첫차에 나갔을 때에도 일하고,
저녁 늦차에 들어올 때에도 그네들은 그대로 일하는데 언제
시작하여 언제 그치는지 나로서는 헤아릴 수 없다. 이네들이
야말로 건설의 사도(使徒)들이다. 땀과 피를 아끼지 않는다.

이 터널은 1904년에 건설된 아현·의영터널입니다. 서울과
신의주를 잇는 경의선 철도부설에 따라 만들어진 국내 최초 터
널이지요. 교통이 발달하기 전 도성 중심에서 마포나루, 인천
강화를 오가기 위해서는 남쪽의 만리재나 서북쪽의 애오개를

걸어 넘어야 했습니다. 남쪽의 만리재는 높고 길어서 고개를 넘는 데 반나절 이상 걸리지만, 서북쪽의 고개는 훨씬 작아 넘기 수월했습니다. 서북쪽에 있는 고개는 아이처럼 작다는 의미에서 아이고개, 애고개라고 불리었고, 지금은 애오개(김현경, 「애오개」, 『한국민속문학사전(설화 편)』)로 불립니다. 그 애오개 고개 아래를 달리는 터널이 아현터널과 의영터널입니다.

중요한 단어는 '터널'입니다. 터널 속에서 그는 '인류 역사의 암흑시대'와 '인생행로의 고민상'을 떠올립니다. 터널 속에서는 괜히 "바퀴소리만 요란"하고, "악질의 연기가 스며"듭니다. 그러나 터널 끝에는 '광명의 천지'가 있습니다. 광명의 천지에서 윤동주는 노동자를 봅니다.

터널을 벗어났을 때 요즈음 복선공사(複線工事)에 분주한 노동자들을 볼 수 있다. 아침 첫차에 나갔을 때에도 일하고, 저녁 늦차에 들어올 때에도 그네들은 그대로 일하는데 언제 시작하여 언제 그치는지 나로서는 헤아릴 수 없다. 이네들이야말로 건설의 사도(使徒)들이다. 땀과 피를 아끼지 않는다.

이 문장에서 중요한 구절은 "이네들이야말로 건설의 사도(使徒)들이다. 땀과 피를 아끼지 않는다."는 구절입니다. 노동을 예찬하는 윤동주의 태도를 드러냅니다. 윤동주는 종교적인 용어

1904년에 건설된 아현터널 의영터널(위)과 1930년대 서울 철도 지도(아래)
...

서울과 신의주를 잇는 경의선 철도부설에 따라 만들어진 국내 최초 터널이다.

터널 속에서 그는 '인류 역사의 암흑시대'와 '인생행로의 고민상'을 상상한다.

터널 끝 '광명의 천지'에서 윤동주는 노동자를 본다.

1930년대 서울 철도 지도에서, 아현리역 양쪽에 점선으로 표시된 곳이
아현·의영터널이다.

를 쉽게 쓰지 않아요. 그의 작품을 읽어 보면 종교 언어를 남발하는 바리새인 같은 태도를 싫어하는 것을 알 수 있습니다. '십자가'라는 단어는 그의 모든 글에서 시 「십자가」에 한 번만 나옵니다. '계시'라는 단어는 「새벽이 올 때까지」에 한 번만 등장합니다. 그는 꼭 필요할 때에만 종교용어를 썼습니다. 당연히 윤동주가 노동자를 '사도'로 표현한 것은 주목하지 않을 수 없습니다.

더욱 중요한 사실은 윤동주가 남긴 원고지 형태입니다. 원고지를 보면, 노동자는 "건설의 사도"라고 한 뒤, "땀과 피를 아끼지 않는다"고 한 문장 다음이 예리한 칼로 자른 듯 잘려 있습니다. 윤동주가 다른 원고지에서 이런 적이 없기 때문에 당혹스런 흔적이 아닐 수 없습니다. "'도려진 자국'에 있었을 '삭제된 부분'의 내용은 제한적 조건으로 이어받고, 다시 이를 다음 문장에 넘겨주고 있는 셈입니다. 따라서 이 내용 역시 '노동자 예찬'일 가능성 또한 매우 높다"(홍장학, 644쪽)는 홍장학의 언급은 공감할 만합니다.

한국전쟁이 끝나고 『하늘과 바람과 별과 시』 1955년 중판을 낼 때도 당시만 해도 월북한 것으로 알려졌던 정지용 선생의 발문을 없애고, 남로당 활동을 했다고 알려진 친구 강처중의 글도 삭제되어 출판됩니다. 1988년 송우혜 선생이 『윤동주 평전』을 쓸 때, 사회주의자 강처중에 대한 언급을 최소화 해달라

「종시」 윤동주 육필 원고

...

원고지를 보면, 노동자는 "건설의 사도"라고 한 뒤, "땀과 피를 아끼지 않는다"고 한
문장 다음이 예리한 칼로 자른 듯 잘려 있다. 윤동주의 다른 육필 원고지에서 이런
적이 없기에 당혹스런 흔적이 아닐 수 없다.

는 정병욱의 당부를 받았다고 합니다. 이 증언은 필자가 함께 출연했던 국회방송 〈TV, 도서관에 가다〉(120회, 2017년 6월 1일)에 나오는데 유튜브에서도 다시 들을 수 있습니다.

　한국전쟁 이후 한국 사회에서 지식인이 노동자에 대해 언급하는 것은 물론이고, 예찬한다는 것은 무척 위험한 일이었겠죠. 게다가 「종시」는 『하늘과 바람과 별과 시』1955년 중판본에 처음 등장합니다. 한국전쟁이 막 끝난 당시 분위기로 보았을 때 반공 이데올로기가 모든 상황에 대한 단죄권을 쥐고 있었던 시기에, 누군가 윤동주를 온전히 전하기 위해 노동자를 예찬하는 부분을 예리한 칼로 도려냈을 가능성이 있습니다. "이 원고지의 물리적 상태는 이 '폭력적인 삭제'가 윤동주 자신의 것이 아니라고 속삭이는 듯이 느껴진다"(홍장학, 645쪽)는 홍장학의 평가는 충분히 공감할 만합니다.

　　그 육중한 도락구를 밀면서도 마음만은 요원(遼遠)한 데 있어 도락구 판장에다 서투른 글씨로 신경행(新京行)이니 북경행(北京行)이니 남경행(南京行)이니라고 써서 타고 다니는 것이 아니라 밀고 다닌다. 그네들의 마음을 엿볼 수 있다. 그것이 고력에 위안이 안 된다고 누가 주장하랴.

　당시 경성은 온통 공사장이었습니다. 윤동주가 본 현장은 아

현리역(阿峴里驛, あけんりえき, 이 책 268쪽) 부근이 아닐까 추측됩니다. 현재의 서울특별시 서대문구 북아현동에 있는 경의선의 폐역입니다. 지금은 사람들이 접근할 수 없지만 역 자취는 그대로 남아 있습니다. 윤동주는 터널을 나오자마자 "복선공사"에 분주한 노동자를 봅니다. 여기서 "복선공사" 노동자라는 표현에 주목해야 합니다.

일제가 1904년에 러일전쟁을 일으킬 무렵, 경부선과 경의선 철도 공사를 시작했다는 것은 잘 알려진 사실입니다(최병택, 「일제하 조선(경성)토목건축협회의 활동과 그 성격의 변화」, 『한국학연구』, 2015. 418쪽). 1923년 관동대지진을 계기로 조선총독부의 토목 관련 예산 규모가 다시 축소되자, 토목건축협회 간부들은 일본 정치인을 찾아다니며 토목 예산감축의 부당성을 호소하고, '조선철도 12년 계획' 예산을 확보하는 데에 주력했습니다. 특히 윤동주가 「종시」를 쓸 무렵, 1936~1941년 5개년 계획으로 일제는 '조선중앙철도부설계획'을 세우고 중앙선 등 내륙 종관 철도를 부설했습니다. 이 철도 예정선 부근 지방에서는 아연, 석탄, 신탄 등 핵심적인 군수물자가 생산되었습니다. 조선을 병참기지로 삼으려 했던 일제로서는 이 지역에 철도를 부설하는 것이 중요한 사안이 아닐 수 없었습니다. 조선총독부는 이런 이유에서 6,500만 엔을 투입하여 중앙선을 부설하였으며, 그 외에도 북한 지방에 백무선 철도를 만들었습니다.

1939년 이후에는 경원선과 함경선을 복선으로 만들었습니다. 조선총독부는 철도 복선공사를 국책(國策) 사업으로 정하고 기금과 인력을 갑자기 대량 투여합니다. 노동자가 부족한 현상을 「토목사업 발흥으로 노동자 수요 격증」(《동아일보》, 1936.6.17.)이라고 보도하기도 했습니다.

조선인 노동자들은 밤늦게까지 공사 현장에서 일했습니다. 일을 "언제 시작하여 언제 그치는지" 윤동주는 알 길이 없습니다. 그들은 복선 철로를 놓기 위해 자갈돌을 부으며 지쳐 있었습니다. "도락구"(トラック, 트럭)를 밀면서 자신들은 가볼 수도 없는 장소를 꿈꿉니다. 만주국 수도로 가는 '신경행'이니, 중국 수도로 가는 '북경행'이니, 트럭에 써붙여 놓았던 겁니다. 백석의 시 「산곡」에도 '도락구'가 나옵니다.

몇몇 전집에서 도락구를 '궤도차'로 번역한 것은 오역입니다. 궤도차는 '기도우샤'[軌道車, きどうしゃ]라는 단어가 따로 있지요. 여기서 "타고 다니는 것이 아니라 밀고 다닌다"는 말에서 도락구는 궤도차가 아닌가 생각되기도 합니다만, 일본어를 잘 아는 윤동주가 궤도차를 도락구로 표현할 리는 없을 것 같아요. 트럭 바퀴가 진창에 빠지면 사람들이 트럭을 밀던 당시 사진들을 볼 때 "도락구"는 트럭으로 보는 것이 맞습니다.

진정한 고향이 있다면

이제 나는 곧 종시(終始)를 바꿔야 한다. 하나 내 차에도 신경행, 북경행, 남경행을 달고 싶다. 세계일주행(世界一周行)이라고 달고 싶다. 아니 그보다도 진정한 내 고향이 있다면 고향행(故鄕行)을 달겠다. 다음 도착하여야 할 시대(時代)의 정거장이 있디면 더 좋나.

"진정한 내 고향이 있다면 고향행을 달겠다"는 구절을 보겠습니다. 윤동주는 자신의 고향을 어떻게 보고 있을까요. 청소년 시절 윤동주는 남쪽에 있는 고향을 그리워했고, 연희전문에서는 어머니가 계신 만주땅(「별 헤는 밤」)을 그리워합니다.

일본에 가서는 "육첩방은 남의 나라"라며 자신의 정체성을 고민합니다. 이렇게 보면 윤동주에게 지리적 의미의 고향은 없습니다. 그는 전형적인 난민의 심상을 갖고 있었습니다.

로버트 영 교수(Robert J. C. Young)는 난민을 이렇게 정의했습니다.

난민, 당신은 정착하지 못하고, 살던 곳에서 뿌리가 뽑히고, 자기 스스로가 아니라 남에 의해 이동되어지는 존재다.

— Robert J. C. Young, "Refugee: you are unsettled, uprooted. You have been translated.", *Postcolonialism*, Oxford University Press, 2003. 11p.

조선인 디아스포라의 자손으로 태어난 윤동주는 지정학적인 고향이 부재한 난민(refugee)이었습니다. 윤동주는 특정 지역이 아니라 '본향으로서의 고향'을 그리워합니다.

이제까지 우리는 첫째, 「종시」가 누상동 하숙집에서 광화문과 남대문을 거쳐 터널을 통하여 연희전문을 오갔던 등하교 과정을 그린 산문임을 보았습니다. 둘째, 따라서 이 글은 몇몇 전집에 나오듯이 1939년 작품이 아니라, 1941년 작품이 분명하다는 것을 밝혔습니다. 셋째, 이 글에서 윤동주가 자본주의 사회를 보는 시각이 더욱 현실적으로 날카로워졌음을 확인했습니다. 윤동주는 '터널'이라는 상징을 통해 어두운 시대를 암시하고, '광명의 천지'에 노동자를 표현합니다.

서울시는 윤동주를 하나의 스토리텔링으로 하여 서대문구의 상징으로 알리려는 준비를 하고 있습니다. 「종시」의 내용을 따라 윤동주가 거쳐간 길을 걸어보는 '윤동주 「종시」 걷기' 프로그램을 실행해도 의미 있을 것입니다.

산문 「종시」와 윤동주 시에 나타나는 '길' 혹은 도시의 이미지를 비교 분석하는 것도 의미 있을 것입니다. 다만 한정된 지면에서 모든 것을 할 수 없기에 '「종시」와 윤동주 시에 나타난 길 이미지'에 대해서는 다음 과제로 넘기려 합니다.

아울러 「종시」를 당시 경성 거리를 소재로 했던 두 작품과 비교하여 생각해볼 수 있겠습니다. 첫째, 《조선중앙일보》에 1934년 8월 1일부터 9월 19일까지 연재했던 박태원의 『소설가 구보씨의 일일』과 비교해보는 작업입니다. 둘째, 1936년 8월부터 10월 그리고 1937년 1월부터 9월까지 『조광』에 연재된 박태원 장편소설 『천변풍경』을 윤동주가 읽지 않았을까요. 윤동주가 이 작품을 읽지 않았다 하더라도 경성을 어떻게 묘사했는지는 비교할 만한 과제가 아닐까 합니다.

중국 연변에서 태어나 북한의 평양 숭실중학교에서 공부하고, 남한의 연희전문에서 공부하고, 일본에 가서 절명했던 그의 영혼은 단순한 희망을 넘어섭니다. 한국과 중국과 일본, 세 나라에 시비가 세워진 이는 윤동주뿐입니다. 세 나라의 교과서(중국에서는 조선족 교과서)에 실려 있는 시인은 윤동주뿐입니다. 중국와 일본과 여러 나라에서 윤동주를 강연하면서 만나는 사람을 보면, 거의 모두 평화를 염원하는 어진 사람들입니다. 윤동주가 만들어놓은 길은 '남한-북한-중국-일본'을 아시아평화공동체로 연결시킬 수 있는 작은 나들목입니다.

윤동주가 「종시」에서 서민의 절망을 보고, 터널을 거쳐 노
동자에게서 새로운 희망을 보려 했던 태도를, 그를 생각하는
모든 이들이 기억하면 좋겠습니다.

갈대로 화살을 삼아
달을 쏘다

달을 쏘다

「초 한 대」「이적」「자화상」

나무들은 땅바닥과
단단하게 결합되어 있으니까.

그러나, 보아라, 땅바닥과 단단하게 결합되어 있다는 것도
다만 겉보기에 그럴 뿐이다.

- 프란츠 카프카, 「나무들」에서

달을 쏘다

번거롭던 사위(四圍)가 잠잠해지고 시계 소리가 또렷하나 보니 밤은 저윽이 깊을 대로 깊은 모양이다. 보던 책자(冊子)를 책상머리에 밀어놓고 잠자리를 수습한 다음 잠옷을 걸치는 것이다. '딱' 스위치 소리와 함께 전등을 끄고 창 옆의 침대에 드러누우니 이때까지 밝은 휘양찬 달밤이었던 것을 감각치 못하였댔다. 이것도 밝은 전등의 혜택이었을까.

나의 누추(陋醜)한 방이 달빛에 잠겨 아름다운 그림이 된다는 것보다도 오히려 슬픈 선창(船艙)이 되는 것이다. 창살이 이마로부터 콧마루, 입술, 이렇게 하여 가슴에 여민 손등에까지 어른거려 나의 마음을 간질이는 것이다. 옆에 누운 분의 숨소리에 방은 무시무시해진다. 아이처럼 황황해지는 가슴에 눈을 치떠서 밖을 내다보니 가을 하늘은 역시 맑고 우거진 송림(松林)은 한 폭의 묵화(墨畵)다. 달빛은 솔가지에 솔가지에 쏟아져 바람인 양 쏴-소리가 날 듯하다. 들리는 것은 시계(時計) 소리와 숨소리와 귀뚜라미 울음뿐 벅적대던 기숙사도 절간보다 더 한층 고요한 것이 아니냐?

나는 깊은 사념(思念)에 잠기우기 한창이다. 딴은 사랑스런 아가씨를 사유(私有)할 수 있는 아름다운 상화(想華)도 좋고, 어린 적 미련을 두고 온 고향에의 향수(鄕愁)도 좋거니와 그보다 손쉽게 표현 못 할 심각한 그 무엇이 있다.

바다를 건너온 H군(君)의 편지 사연을 곰곰 생각할수록 사람과 사람 사이의 감정이란 미묘(微妙)한 것이다. 감상적(感傷的)인 그에게도 필연(必然)코 가을은 왔나 보다.

편지는 너무나 지나치지 않았던가. 그중 한 토막,

"군(君)아! 나는 지금 울며울며 이 글을 쓴다. 이 밤도 달이 뜨고, 바람이 불고, 인간인 까닭에 가을이란 흙냄새도 안다. 정(情)의 눈물, 따뜻한 예술학도(芸術學徒)였던 정(情)의 눈물도 이 밤이 마지막이다."

또 마지막 켠으로 이런 구절이 있다.

"당신은 나를 영원히 쫓아버리는 것이 정직할 것이오."

나는 이 글의 뉘앙스를 해득(解得)할 수 있다. 그러나 사실 나는 그에게 아픈 소리 한마디 한 일이 없고 서러운 글 한 쪽 보낸 일이 없지 아니한가. 생각건대 이 죄(罪)는 다만 가을에게 지워 보낼 수밖에 없다.

홍안서생(紅顏書生)으로 이런 단안(斷案)을 내리는 것은 외람한 일이나 동무란 한낱 괴로운 존재요 우정이란 진정코 위태로운 잔에 떠놓은 물이다. 이 말을 반대할 자 누구랴, 그러나 지기(知己) 하나 얻기 힘든다 하거늘 알뜰한 동무 하나 잃어버린다는 것이 살을 베어내는 아픔이다.

나는 나를 정원(庭園)에서 발견하고 창을 넘어 나왔다든가 방문을 열고 나왔다든가 왜 나왔느냐 하는 어리석은 생각에 두뇌를 괴롭게 할 필요는 없는 것이다. 다만 귀뚜라미 울음에도 수줍어지는 코스모스 앞에 그윽히 서서 닥터 빌링스의 동상 그림자처럼 슬퍼지면 그만이다. 나는 이 마음을 아무에게나 전가시킬 심보는 없다. 옷깃은 민감이어서 달빛에도 싸늘히 추워지고 가을 이슬이란 선득선득하여서 서러운 사나이의 눈물인 것이다.

발걸음은 몸뚱이를 옮겨 못가에 세워줄 때 못 속에도 역시 가을이 있고 삼경(三更)이 있고 나무가 있고, 달이 있다.

그 찰나 가을이 원망(怨望)스럽고 달이 미워진다. 더듬어 돌을 찾아 달을 향하여 죽어라고 팔매질을 하였다. 통쾌(痛快)! 달은 산산(散散)히 부서지고 말았다. 그러나 놀랐던 물결이 잦아들 때 오래잖아 달은 도로 살아난 것이 아니냐, 문득 하늘을 쳐다보니 얄미운 달은 머리 위에서 빈정대는 것을-.

나는 곳곳한 나뭇가지를 골라 띠를 째서 줄을 매어 훌륭한 활을 만들었다. 그리고 좀 탄탄한 갈대로 화살을 삼아 무사(武士)의 마음을 먹고 달을 쏘다. -끝-

-윤동주, 「달을 쏘다」, 1938년 10월 투고, 1939년 1월《조선
   일보》학생란 발표.

통쾌! 달은 산산히 부서지고 말았다

가을에 읽을 만한 산문이 있는지요. "갈대로 화살을 삼아 무사의 마음을 먹고 달을 쏘다"라는 마지막 문장이 산문 전체를 통합하는 윤동주의 「달을 쏘다」를 빼놓을 수 없습니다. 주머니 속에 넣고 다니고 싶을 만한 구절들이 반짝이는 글입니다. 이십대 초반의 윤동주가 가진 고뇌와 단호한 심리를 잘 드러낸 산문이지요.

산문 「달을 쏘다」가 어떠한 배경에서 창작되었는지 설명해주는 글이 있습니다. 수업 시간에 썼던 글을 계속 다듬어 나중에 신문에 발표했던 과정이 잘 나타납니다.

동주는 교실과 서재와는 구별이 없는 친구다. 달변과 교수 기술과 박학으로 명강의를 하시는 정인섭 선생님에게는 누구나가 매혹되는데, 학기말 시험에 엉뚱하게도 작문 제목을 하나 내놓고 그 자리에서 쓰라는 것이다. 밤새워 해온 문학 개론의 광범위한 준비가 다 수포로 돌아갔다. 억지춘향으로 모두 창작 기술을 발휘하기에 정신이 없었다. 그래서 필자 역시 진땀을 빼며 써냈더니 점수가 과히 나쁘지 않아 천만 다행이라고 안심하고 말았는데, 나중에 보니까 동주는 바로 그 제목의 그 글을 깨끗이 옮겨서 신문 학생란에 발표하였다. 제목은「달을 쏘다」라는 것이다. 여기서 우리들 모두가 말없는 동주에게 멋지게 한 대 맞고 말았다. 이렇게 보면 그는 교실과 하숙방, 그리고 <u>생활 전부가 모두 그의 창작의 산실이었다.</u>"

— 유영, 「연희 전문 시절의 윤동주」, 『나라사랑』 제23집, 1976.

"생활 전부가 모두 그의 창작의 산실이었다"라는 문장이 말해주듯, 윤동주는 깨어 있는 시간을 모두 글에 집중했습니다. 「달을 쏘다」를 읽으면 동주가 어떻게 시 한 편을 완성했는지 짐작할 수 있습니다. 인용문에서 "학기말 시험"이라 했으니, 1938년 7월에서 9월 사이에 쓴 글입니다. 일본 학제에 따르면 1학기인 전기(前期)는 4월에 시작하여 8월에 끝나고, 2학기인 후기는 10월 초에 시작합니다.

1학년 같은 시기에 윤동주는 눈솔 정인섭 선생(1905~1983)의 〈문학개론〉을 수강했습니다. 울주군 언양읍에서 태어난 정인

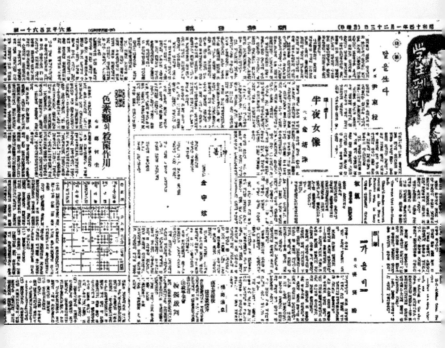

《조선일보》에 실린 「달을 쏘다」

...

1939년 1월자 《조선일보》 '학생 페이지'에 실린 「달을 쏘다」의 모습이다.
그냥 지나칠 수도 있었을 학기 중의 단순한 숙제를 윤동주는
하나의 에세이로 완성시켰다.

섭 선생은 대구고보를 거쳐, 1922년 '색동회'의 발기인 마해송, 윤극영, 방정환 등과 함께 동인지 《어린이》를 만들고 동시·동극·동화 등을 발표합니다. 1926년 와세다대학 재학 중 도쿄 유학생인 김진섭, 김온, 이하윤, 손우성 등과 해외문학연구회를 조직합니다. 이듬해 1월에 창간된 동인지 《해외문학》에 화장산인(花藏山人)이라는 필명으로 「포오론」을 발표하고, 같은 해 조선의 전래동화·전설 등을 수록한 『온돌야화(溫突夜話)』(日本書院)를 일본어로 간행합니다. 1929년 와세다대학 영문과를 졸업하고, 귀국 후 1946년까지 연희전문학교 교수로 가르칩니다.

아쉽게도 윤동주가 연희전문에 있던 시기에 정 교수는 친일 행위를 했습니다. 1939~1942년에 조선문인협회 간사, 국민총력조선연맹 문화부 문화위원, 영화기획심의회 심의위원 등을 맡아 전선에 위문대를 보내고, 지원병훈련소에 1일 입소, 각종 강연을 하고, 신사(神社)에서 봉사했습니다.

이 수업에서 윤동주가 받은 성적은 70점으로 그리 높은 점수는 아니지만, 이 수업을 듣고 윤동주는 글 하나를 남겼습니다. 정인섭 선생이 「달을 쏘다」라는 제목을 주고 글을 써오라는 숙제를 주었답니다. 숙제라고 하면 억지로 하기 쉬운데, 될성싶은 인물은 모든 숙제를 자신의 과정으로 충실하게 완성하지요. 그냥 지나칠 수도 있을 단순한 숙제를 윤동주는 하나의 에세이로 완성시켰던 겁니다. 이후 윤동주는 이 글을 1938년 10월 《조선일보》에 투고했으니, 1939년 1월말에 시행되는 2학기 기말고사 때 썼을 리가 없지요. 미루어 볼 때 정인섭 교수 수업을 들은 때는 1938년 1학기이겠죠.

벅적대던 기숙사도 절간보다 더 한층 고요한

산문 「달을 쏘다」는 세 단락으로 짜여 있습니다. 첫 번째 이야기는 핀슨홀 이야기입니다. 두 번째 이야기는 H라는 친구와 나눈 편지와 결별 이야기입니다. 세 번째 이야기는 밖으로 나가 물결 앞에서 달을 보는 밤 풍경입니다.

| 1. 핀슨홀 이야기 | 2. H군의 이별편지 | 3. 달을 쏘다 |

첫 번째 이야기는 "나의 누추한 방"에서 시작합니다. 방이란 공간은 지친 몸을 누이고 천장을 보며 쉴 수 있는 안식처입니다. 빈 방은 우리에게 쉬지 않고 침묵의 말을 겁니다. 빈 방은 끊임없이 묵상하게 하는 사찰이기도 합니다. 그에게 연희전문 핀슨홀의 기숙사 방은 어떤 의미가 있었을까요.

번거롭던 사위(四圍, 사방의 둘레, 주위)가 잠잠해지고 시계 소리가 또렷하나 보니 밤은 저윽이('적이'의 오기, 약간, 다소) 깊을 대로 깊은 모양이다. 보던 책자(册子)를 책상머리에 밀어놓고 잠자리를 수습한 다음 잠옷을 걸치는 것이다. '딱' 스위치 소리와 함께 전등을 끄고 창 옆의 침대에 드러누우니 이때까지 밝은 휘양찬 달밤이었던 것을 감각치 못하였댔다. 이것도 밝은 전등의 혜택이었을까.

나의 누추(陋醜)한 방이 달빛에 잠겨 아름다운 그림이 된다는 것보다도 오히려 슬픈 선창(船艙)이 되는 것이다. 창살이 이마로부터 콧마루, 입술, 이렇게 하여 가슴에 여민 손등에까지 어른거려 나의 마음을 간질이는 것이다. 옆에 누운 분의 숨소리에 방은 무시무시해진다. 아이처럼 황황해지는 (허둥거리며 정신이 없어지는) 가슴에 눈을 치떠서 밖을 내다보니 가을 하늘은 역시 맑고 우거진 송림(松林)은 한 폭의 묵화(墨畵)다. 달빛은 솔가지에 솔가지에 쏟아져 바람인 양 쏴— 소리가 날 듯하다. 들리는 것은 시계(時計) 소리와 숨소리와 귀뚜라미 울음뿐 벅적대던 기숙사도 절간보다 더 한층 고요한 것이 아니냐?

인용문에서 "옆에 있는 분의 숨소리에"라고 했으니 기숙사인 것이 확실합니다. 윤동주가 연희전문에 입학하자마자 같은

현재 연세대에 있는 핀슨홀 윤동주 기념관

...

당시 핀슨홀이 적막한 숲속에 있었다는 것을 떠올려보면, 그 구석방이 얼마나 적막했을지 상상할 수 있다. 연희전문 문과에 입학한 윤동주는 이 기숙사에서 사색하면서 글을 썼다.

방을 쓴 학우는 송몽규와 강처중이니, 저 숨소리는 둘 중 한 명의 코 고는 소리겠죠.

마지막에 "벅적거리던 기숙사보다 절간보다 더 한층 고요한 것이 아니냐?"라는 문장을 봤을 때, 핀슨홀 기숙사 방은 절간보다 고요한 전혀 단절된 공간으로 보입니다.

현재 연세대에 있는 핀슨홀 윤동주 기념관은 정면에서 볼 때 2층 오른쪽 구석에 있지요. 당시 핀슨홀이 적막한 숲속에 있었다는 것을 떠올려보면, 그 구석방이 얼마나 적막했을지 상상할 수 있습니다. 연희전문학교를 창립할 때 공이 큰 미국 남감리교 총무 핀슨 박사를 기념하기 위해, 1922년 핀슨홀로 이름 붙인 학생기숙사 건물을 준공했습니다. 연희전문 문과에 입학한 윤동주는 이 기숙사에서 사색하면서 글을 썼습니다.

홀로 있을 때 고독하다고들 합니다. 고독하면 무엇과 관계없이 홀로 있는 상태일까요. 나 홀로만 있는 상태가 고독이라는 말은 착각이거나 거짓일 수 있어요. 고독을 즐기는 이유는 홀로 있을 때 벗할 수 있는 무언가가 있기 때문이지요. 홀로 음악을 듣거나, 홀로 기타를 치거나, 홀로 책을 읽는 것은 음악과 벗하고 기타와 벗하고 책과 벗하는 상태겠지요. 결국 고독한 상태에서 중요한 것은 '홀로 자유를 누린다'는 의미일 겁니다. 윤동주는 '나의 방'에서 어떤 자유를 누렸을까요. 그의 시에서 '나의 방'은 여러 번 나옵니다.

초 한 대…
내 방에 품긴 향내를 맡는다.

광명의 제단이 무너지기 전
나는 깨끗한 제물을 보았다.

염소의 갈비뼈 같은 그의 몸,
그리고도 그의 생명인 심지까지
백옥 같은 눈물과 피를 흘려,
불살라 버린다.

그리고도 책상머리에 아롱거리며
선녀처럼 촛불은 춤을 춘다.

매를 본 꿩이 도망가듯이
암흑이 창구멍으로 도망간
나의 방에 풍긴
제물의 위대한 향내를 맛보노라.

— 윤동주, 「초 한 대」 전문, 1934.12.24.

이 시는 윤동주가 남긴 원고 중 맨 처음 쓴 시로 남아 있는 작품입니다. 이 방은 용정으로 이사한 후 지금은 함바집만 있는 텃밭 자리로 남아 있는 작은 집의 방일 겁니다. 이 시에서 '나의 방'은 윤동주의 내면이기도 합니다.

1연은 그저 방에 초 한 대 켜 놓은 상황입니다. 문제는 갑자기 판타지의 입구로 들어가는 2연입니다. "광명의 제단이 무너지기 전/나는 깨끗한 제물을 보았다"는 구절은 판타지로 들어가는 길목입니다.

모든 판타지에는 숭고(崇高)로 들어가는 길목이 있습니다. 애니메이션 〈원령공주〉에서 주인공 아시타카가 방랑을 떠나는 숲길이 판타지로 입장하는 길목입니다. 〈센과 치히로의 행방불명〉에서는 자동차가 고장나서 세워놓고, 판타지의 길목인 터널을 통과하자 엄마랑 아버지는 돼지로 변하지요. 〈해리포터〉에서 마법 학교로 들어가는 길목은 킹스크로스역 플랫폼의 벽입니다. 〈나니아 연대기〉에서는 루시가 들어가는 장롱이 판타지로 들어가는 터널입니다. 장롱 안에 걸린 모피 외투들 뒤에 눈의 왕국이 펼쳐지지요. 히치콕 영화 〈새〉에서 여주인공이 자동차로 가도 될 집을 나룻배를 타고 건너가는 장면, 역시 히치콕 영화 〈사이코〉에서 언덕 위에 있는 집으로 올라가는 층계들은 모두 판타지로 입궁하는 터널이지요.

3연은 아주 짧게 어떤 존재를 그려내고 있습니다. "염소의 갈비뼈 같은 그의 몸,/그리고도 그의 생명인 심지까지/백옥 같은 눈물과 피를 흘려, / 불살라 버린다"는 것은 그저 초 한 대를 묘사한 구절일까요. 시 끝에 쓴 12월 24일이라는 창작날짜를 볼 때 '초 한 대'는 젊은 예수의 은유라는 걸 알 수 있습니다.

판타지의 과정을 거쳐 1연의 평범한 촛불 "향내"는 4연에서 "제물의 위대한 향내"로 바뀝니다. 판타지라는 일탈(逸脫)을 거쳐 전혀 새로운 인식에 도달한 것이지요. 이후에 그의 글에는 '방'이 여러 번 나옵니다.

　　잔득(잔뜩) 까라앉은(가라앉은) 방에 / 자욱이 불안이 깃들고(「산림」, 1936.6.26.)

　　세상으로부터 돌아오듯이 이제 내 좁은 방에 돌아와 불을 끄옵니다(「돌아와 보는 밤」, 1941.6.)

　　어두운 방은 우주로 통하고 / 하늘에선가 소리처럼 바람이 불어온다(「또 다른 고향」, 1941.9.)

　　허전히 뒷골목을 돌아 / 황혼처럼 물드는 내 방으로 돌아오면(「흰 그림자」, 1942.4.14.)

윤동주에게 성찰의 공간은 우물(「자화상」), 하늘(「서시」), 청동거울(「참회록」) 등이 있지만, 여기 인용한 시구를 보면 알 수 있듯이 '방' 또한 그에게는 성찰의 공간이었습니다. 다만 "방마다 새로운 화제(話題)가 생기곤 하였다"(「종시」, 1941)라고 할 때 '방'은 기숙사의 물리적인 공간입니다. 이외에 "육첩방은 남의 나라"로 은유적인 보조관념으로 나오거나, 하숙방, 한 방 등 다양하게 변이되어 나옵니다.

중요한 것은 윤동주가 말하는 공간으로서 방을 사용하는 시간이 밤이라는 사실입니다. 위의 인용문에 나오는 방에 거하는 시간은 밤입니다. 밤은 아침을 기다리게 하는 긴 어둠의 시간입니다. 밤은 기다리게 합니다. 뭔가 창작하게 합니다. 뭔가 다가와 내 몸을 자극하여 주기를 기다리는 시간입니다. 기다리는 설렘 자체가 이미 희망입니다. 뭔가를 기다리며 맛보는 느린 설렘에 이미 성취의 절반이 있습니다.

방에서 홀로 보내는 밤은 답답하고 괴로운 순간이 아닙니다. 고독한 사람은 이 순간을 제대로 즐길 수 있는 존재입니다. 윤동주에게 방이란 자신의 영혼을 자유롭게 성찰하게 하는 창작공장이었습니다. 그에게 방은 "절간보다 더 한층 고요한" 공간으로 외롭거나 답답한 감옥이 아니었습니다.

내가 선택한 24시간의 고독, 나에게 집중할 수 있는 자유는 나에게 새로운 창조를 의미합니다. 타인과 단절된 공간에서 윤

동주는 자유롭게 상상하며 고독을 만끽했던 몽상하는 젊은이
였습니다.

나는 깊은 사념에 잠기우기 한창이다

윤동주가 어두운 밤에 홀로 방에 있는 시간을 즐긴다는 사실은
바로 뒤 문장에 나옵니다. 어두운 밤 방에서 그는 "깊은 사념"
에 잠깁니다.

> 나는 깊은 사념(思念)에 잠기우기 한창이다. 딴은 사랑스
> 런 아가씨를 사유(私有)할 수 있는 아름다운 상화(想華)도 좋
> 고, 어린 적 미련을 두고 온 고향에의 향수(鄕愁)도 좋거니와
> 그보다 손쉽게 표현 못 할 심각한 그 무엇이 있다.

"사랑스런 아가씨를 사유할 수 있는 아름다운 상화"에서
상화(想華)는 무엇일까요. 호가 상화(尙火)인 시인 이상화(李相
和, 1901~1943)를 뜻할까요. 물론 윤동주는 이상화 시를 읽었겠
지요. 그러나 「빼앗긴 들에도 봄은 오는가」를 쓴 이상화 시인
을 단순히 "사랑스런 아가씨를 사유할 수 있는 아름다운" 존
재로 표현하는 것은 앞뒤가 맞지 않습니다.

여기서 상화는 수필을 말합니다. 현재 우리가 수필 혹은 에세이(Essay)라고 하는 글을 예전에는 만문(慢文), 산록(散錄), 상화(想華) 등으로 불렀어요. 수필 혹은 에세이란 어떤 대상을 관조(觀照)하는 경지에서 그 심경(心境)을 산문으로 쓴 글을 말합니다. 이광수가 쓴 「감사(感謝)와 사죄(謝罪)」(『백조』 제2호, 1922)를 '상화(想華)'라고 소개하고 있습니다.

밤에 윤동주는 방에서 에세이를 즐겨 읽었던 모양입니다. 밀어내듯 글을 쓰려면 그 이상의 독서와 상념이 축적되어야 합니다. 윤동주가 남긴 유품에는 시집뿐만 아니라 일본어판 『폴 발레리 산문집』 등 몇 권의 산문집이 있습니다.

에세이는 논리적이며 객관적인 수필이고, 미셀러니는 일상생활의 느낌이나 체험을 담는 주관적인 수필입니다. 상화는 중수필에 가깝고, 만필과 만문은 경수필에 가깝다고 할 수 있겠습니다. '상화'를 쓰거나 읽으려면, 끝없이 묻고 깊이 살펴 알고자 하는 질문이 가득해야 하겠죠.

귀에 딱지가 앉을 정도로 긍정을 강요하는 가벼운 미셀러니 혹은 만필이나 만문에 비하여, 윤동주가 쓴 산문은 전혀 다릅니다. 윤동주가 쓴 상화는 간단치 않아요.

조미료를 친 음식은 먹자마자 잠깐 혀에 자극을 주지만, 진짜 원조는 먹고 나서 며칠이 지나면 다시 생각나곤 하지요. 진짜 초당 순두부는 먹고 난 며칠 뒤 그 맛이 떠오르지요. 몇 번을 먹어도 물리지 않지요. 윤동주가 쓴 산문의 글맛을 느끼기까지 곱씹어 읽어야 합니다. "상화가 좋고"라고 쓴 것을 볼 때, 윤동주는 가벼운 수필보다는 더욱 깊이 있고 진지한 수필을 좋아했던 것이 분명합니다. 김진섭, 이양하, 피천득 등이 수필 혹은 에세이라는 말을 쓰면서 요즘은 상화라는 표현을 거의 듣기 힘들지요.

이 문장에서 윤동주가 에세이도 즐겁게 읽었다는 사실을 확인할 수 있습니다. 「별똥 떨어진 데」 등을 읽으면 윤동주가 시뿐만 아니라 수필에도 많은 관심을 갖고 있었던 것을 확인할 수 있습니다.

우정이란 진정코 위태로운 잔에 떠놓은 물이다

자신의 방에서 에세이도 읽고, 내면을 성찰하던 동주의 글은 이제 어떤 '친구'를 성찰합니다. 그에게 H군이라는 친구가 있었던 모양입니다.

바다를 건너온 H군(君)의 편지 사연을 곰곰 생각할수록 사람과 사람 사이의 감정이란 미묘(微妙)한 것이다. 감상적 (感傷的)인 그에게도 필연(必然)코 가을은 왔나 보다.

편지는 너무나 지나치지 않았던가. 그중 한 토막,

"군(君)아! 나는 지금 울며울며 이 글을 쓴다. 이 밤도 달이 뜨고, 바람이 불고, 인간인 까닭에 가을이란 흙냄새도 안다. 정(情)의 눈물, 따뜻한 예술학도(芸術學徒)였던 정(情)의 눈물도 이 밤이 마지막이다."

또 마지막 컷으로 이런 구절이 있다.

"당신은 나를 영원히 쫓아버리는 것이 정직할 것이오."

나는 이 글의 뉘앙스를 해득(解得)할 수 있다. 그러나 사실 나는 그에게 아픈 소리 한마디 한 일이 없고 서러운 글 한 쪽 보낸 일이 없지 아니한가. 생각건대 이 죄(罪)는 다만 가을에게 지워 보낼 수밖에 없다.

홍안서생(紅顔書生)으로 이런 단안(斷案)을 내리는 것은 외람한 일이나 동무란 한낱 괴로운 존재요 우정이란 진정코 위태로운 잔에 떠놓은 물이다. 이 말을 반대할 자 누구랴, 그러나 지기(知己) 하나 얻기 힘든다 하거늘 알뜰한 동무 하나 잃어버린다는 것이 살을 베어내는 아픔이다.

H군은 누구일까요. 윤동주의 주변 인물 중에 "바다를 건너온" 친구는 누가 있을까요. 일본인이란 말일까요, 아니면 일본에 유학 갔다가 돌아온 조선 학생일까요. 물음표로 남길 수밖에 없습니다. 이 글을 보면 윤동주에게서 어떤 친구가 떠난 것

으로 보입니다.

심리학자 알프레드 W. 아들러(Alfred W. Adler, 1870~1937)는 인간의 모든 문제는 '인간관계'에서 비롯된다고 했습니다. 친구관계, 연인관계, 부부관계, 가족관계, 나 자신과의 관계 등 다양한 관계 속에서 인간은 자신의 길을 찾아갑니다. 프로이트는 남자나 여자의 신체적 특성에서 열등감이니 여러 증환이 나온다고 보는데, 아들러는 열등감 같은 문제는 개인이 아니라 인간관계에서 나온다고 봅니다.

윤동주가 인간관계를 얼마나 고심했는지 이 글에 잘 보입니다. 인간관계 속에서 윤동주는 자신에게 어떤 문제가 있는지 성찰하려 합니다.

"필연코 가을은 왔나 보다"라는 구절을 볼 때, 이 글을 가을에 수정한 것으로 보입니다. 학기말 수업을 9월까지 했어야 하는데《조선일보》에 투고한 기간과 비교해 보면 맞지 않습니다. 아니면《조선일보》에 투고하는 과정에서 수정 보충한 부분이 아닐까요.

윤동주는 그에게 "아픈 소리 한 마디 한 일이 없고 서러운 글 한 쪽 보낸 일이 없지 아니한가"라고 했습니다. 이 정도라면 사실 별 관심을 갖고 있지 않던 관계가 아닐까요. 절교를 고하는 친구의 편지를 받고 얼마나 당혹스러웠을까요. 진정한 친구라면 뼈아픈 조언도 하고, 아쉬울 때 아쉬운 문자도 보냈겠지요. 내 편에서 별로 관심 갖고 있지 않던 친구가 느닷없이 절교하자고 한다면 정말 황당할 것 같아요. 누구를 원망할 수도 없는 상황이지요. 뭐가 섭섭했었냐고 물을 수도 없는 상황이고요. 아들러 말대로 때로는 '미움 받을 용기'도 필요합니다. 그저 "이 죄는 다만 가을에게 지워 보낼 수밖에 없다"고 할 수밖에 없는 상황입니다.

홍안서생이란 무엇일까요. 붉을 홍(紅) 얼굴 안(顏)으로 혈색이 좋은 젊은이를 말합니다. 서생(書生)은 공부하는 사람이기도 하지만 세상일에 어두운 선비라는 역설적인 의미도 있겠지요. 결국 윤동주가 젊고 아직 세상 물정을 모른다며 자신을 겸손하게 낮추어 표현한 말입니다. 이다음 문장은 명문(名文)입니다.

"우정이란 진정 위태로운 잔에 떠 놓은 물이다."

'우정은 위태로운 잔에 떠 놓은 물'이라는 은유는 신선하고 적절한 표현이지요. 위태롭게 떨리는 잔에 쏟아질 듯한 물은 얼마나 불안한가요. 상대방이 제멋대로 기준을 만들고 맘에 안 든다 하면 애면글면 맞추려 애쓸 필요는 없겠지요. 아들러는 "타인에게 인정받으려는 욕구를 버리고 그 사람의 기대를 만족시키기 위해 살지 말라"고 권유합니다. '남이 나를 미워하는 것'은 내가 관여할 일이 아니라 상대방의 일이니, 내 일과 남의 일을 분리해 생각하고 자신의 길을 가라고 합니다. 이 말은 제잘난 맛에 도취해 살라는 말은 아니지요. 자신의 길은 공공성의 이익을 말합니다. 공동체를 위해 타인을 끝까지 적이 아닌 친구로 봐야 한다고 아들러는 말합니다. 그런 시각에서 볼 때, 자신[己]을 이해하고 알아주는[知] 친구를 얻는 것은 몹시 어렵고, 그런 친구를 잃는 것은 "살을 베어내는 아픔"인 것입니다.

가을 이슬이란 서러운 사나이의 눈물이다

이제 세 번째 이야기로 넘어갑니다. 방에서 에세이를 읽거나 이런저런 상념을 떠올리고, 친구도 생각하던 윤동주는 핀슨홀 밖으로 나갑니다.

나는 나를 정원(庭園)에서 발견하고 창을 넘어 나왔다든가 방문을 열고 나왔다든가 왜 나왔느냐 하는 어리석은 생각에 두뇌를 괴롭게 할 필요는 없는 것이다. 다만 귀뚜라미 울음에도 수줍어지는 코스모스 앞에 그윽히 서서 닥터 빌링스의 동상 그림자처럼 슬퍼지면 그만이다. 나는 이 마음을 아무에게나 전가시킬 심보는 없다. 옷깃은 민감이어서 달빛에도 싸늘히 추워지고 가을 이슬이란 선득선득하여서 서러운 사나이의 눈물인 것이다.

발걸음은 몸뚱이를 옮겨 못가에 세워줄 때 못 속에도 역시 가을이 있고 삼경(三更)이 있고 나무가 있고, 달이 있다.

이 문장은 다음 장면, 연못 근처를 산책하는 장면으로 이동하기 위해 넣은 삽입 문장으로 보입니다. 그냥 '나는 정원에 나왔다'라고 쓰지 않고 왜 "나는 나를 정원에서 발견하고"라고 썼을까요. 자기가 자기에게서 떨어져나간 분신(分身)을 보는 듯한 표현입니다. 사건을 전환시키면서 '그런데' 같은 접속사를 쓰지 않았죠. 접속사 대신 느닷없이 직접 장면이 바뀐 순간을 주목하게 만드는 '낯설게 하기'(defamiliarization)가 돋보입니다.

"왜 나왔느냐 하는 어리석은 생각에 두뇌를 괴롭게 할 필요는 없"습니다. H군이 절교를 선언해도 윤동주가 생각하는 길은 다릅니다. 작은 일에 짜증을 내면 다만 내 몸에 유리조각처럼 짜증이 박혀 쓰라릴 뿐이지요. 쌍욕을 하거나 큰소리를 지르는 방법만이 짜증을 푸는 방법은 아닙니다. 윤동주는 화를 내는 방법, 짜증을 푸는 방법으로 산책을 선택한 모양입니다. 그가 산책을 좋아했다는 증언은 많습니다.

"다만 귀뚜라미 울음에도 수줍어지는 코스모스 앞에 그윽히 서서"라는 표현도 대단합니다. 코스모스가 고개 숙이고 있는 모습을 귀뚜라미 울음에 수줍어한다고 상상한 겁니다. "닥터 빌링스의 동상 그림자처럼 슬퍼지면 그만이다"라는 표현처럼 윤동주는 절교 선언을 듣고 슬퍼합니다.

정인섭 교수

...

윤동주는 정인섭 선생의 〈문학개론〉을 수강했다.

이 수업을 듣고 「달을 쏘다」를 남겼다. (출처: 한국민족문화대백과사전)

빌링스 교수

...

윤동주가 "닥터 빌링스의 동상 그림자처럼 슬퍼지면"이라고 쓴 것으로 보아,

윤동주는 빌링스 교수가 추방당할 수도 있는 처지를 알고 있었는지 모른다.

(출처: 감리교 신학대학원 역대 총장)

'빌링스의 동상'에서 빌링스는 미감리회 선교사, 한국명 변영서(邊永瑞, Bliss W. Billings, 1881~1969)를 말합니다. 미국 오하이오에서 태어난 그는 데포우대학교, 유니온신학교와 콜롬비아대학교 대학원을 각각 졸업하고, 1908년 한국 선교사로 옵니다. 1908년 평양숭실대 교수로 근무했고, 1915년 4월 연희전문학교 교수로 취임하여 영어와 종교학을 강의합니다. 문과 과장에 취임한 후 1917년 연희전문학교 부교장에 취임하여 1922년 6월까지 일합니다. 기미년 독립운동 때 이화학당의 초기 졸업생인 박인덕(인덕대학 설립자)과 신줄려(류형기 감독의 부인) 등이 일본 경찰에 연행되어 4개월 동안 옥고를 치렀는데, 빌링스가 벌과금을 지불하여 두 사람이 풀려납니다. 1932년에는 연희전문 교수직을 사임하고 감리교신학교 교장으로 부임합니다. 일제 말기인 1940년 10월 2일 감리교신학교가 친미경향이 농후하다는 이유로 무기한 휴교되면서 한국에서 추방당하여 필리핀 마닐라에서 선교활동을 합니다.

윤동주가 "닥터 빌링스의 동상 그림자처럼 슬퍼지면"이라고 쓴 것으로 보아, 윤동주는 빌링스 교수가 추방당할 수도 있는 처지를 알고 있었는지 모릅니다. 필리핀이 다시 점령당한 후인 1942년 1월 빌링스는 체포되어 필리핀 감옥에서 3년 동안 옥고를 치릅니다. 1945년 일본 패전 이후 석방되어 해방된 한국으로 온 빌링스는 한국전쟁 중에는 구호에 혼신의 힘을 다했고,

휴전 무렵인 1953년에 은퇴합니다. 미국으로 돌아가 여생을 보내다가 1969년 오레곤 주 칸발리스에서 세상을 떠났습니다. 그는 실로 온 생애를 한국과 선교를 위해 애쓴 스승이었습니다.

"옷깃은 민감이어서 달빛에도 싸늘히 추워지고 가을 이슬이란 선득선득하여서 서러운 사나이의 눈물인 것이다"라는 문장은 두 개의 문장이 이어진 복문입니다. "옷깃은 민감이어서"라는 표현이 어색합니다. 옷깃이 얇아 달빛이 비추지만 싸늘히 춥다는 말인 듯한데, 이 애매모호한 표현을 시적인 표현으로 용서하고 받아들이면 묘하게 매력적인 표현으로 보입니다. 애매한 비문을 그 다음 문장이 아름답게 받아주고 있기 때문이겠죠.

"가을 이슬이란 선득선득하여서 서러운 사나이의 눈물인 것이다."

그가 슬픈 것은 단순히 H군의 절교 선언 탓만은 아닌 것 같습니다. 가을 이슬로 상징되는 우주적 슬픔일까요. 눈물의 원인은 다음 문장에서 나옵니다.

다만 "옷깃은 민감이어서" 달빛이 비추는데도 "싸늘히" 춥고, "가을 이슬"이라는 표현을 볼 때, 이 문장은 7월 학기말 시험 때 쓴 문장이 아니라 9월 《조선일보》에 투고하기 전에 삽입한 문장으로 추측할 수 있겠습니다.

가을이 원망스럽고 달이 미워진다

윤동주 시에서 물이 나오는 시는 「이적」과 「자화상」이 있습니다. 산문 「달을 쏘다」에서 그 흔적을 볼 수 있습니다.

> 발걸음은 몸뚱이를 옮겨 못가에 세워줄 때 못 속에도 역시 가을이 있고 삼경(三更)이 있고 나무가 있고, 달이 있다.
> 그 찰나 가을이 원망(怨望)스럽고 달이 미워진다.

"달이 있다", "달이 미워진다"고 써 있습니다. 왜 달이 미울까요. 윤동주는 달을 어떻게 생각했을까요. 그의 시에 나오는 달은 여러 상징을 품고 있습니다. 그의 동시에서 달은 어둠과 벗하는 따스한 심성이기도 합니다.

> 연륜이 자라듯이
> 달이 자라는 고요한 밤에
> 달같이 외로운 사랑이
> 가슴 하나 뻐근히
> 연륜처럼 피여 나간다.
>
> ─ 「달같이」, 1939. 9.

여기서 연륜(年輪)은 나무의 나이테를 말합니다. 달은 밤이라는 시간에 내면이 성숙해 가는 과정을 상징합니다. 반면 우울한 달도 있습니다.

누가 있어야 싶은 묘지(墓地)엔 아무도 없고,
정적(靜寂)만이 군데군데 흰 물결에 폭 젖었다.(「달밤」)

싸늘한 달이 붉은 이마에 젖어, / 아우의 얼굴은 슬픈 그림이다.(「아우의 인상화」)

이 인용문에서 달은 식민지 시대의 어두운 심상, 희망 없는 조선인의 우울을 상징하고 있습니다. 「달을 쏘다」와 「자화상」에 나오는 달도 이러한 달이라면, "달을 쏘다"라는 행위는 저 어둠과 우울을 깨부수겠다는 표현으로 읽을 수 있겠습니다.

「참회록」에서도 그렇듯, 윤동주는 자신을 비추는 대상(물, 연못, 거울)을 보며, 반구저기(反求諸己) 곧 모든 원인을 자기 자신에게서 반성해봅니다. 원문에서 "그 찰나 가을이 원망(怨望)스럽고 달이 미워진다"는 표현도 주목해야 할 것입니다. 겨울로 다가가는 가을이 원망스럽다는 말은 무슨 뜻일까요. 그것은 아우의 붉은 이마에 젖은 "싸늘한 달"처럼 어떤 외부적인 상황에 대한 원망일 수도 있습니다.

정리하자면 이 글에서 '달'은 첫째 시인 내면에 숨어 있는, 부숴야 할 부정적 요소일 수도 있고, 둘째 희망이 없는 혹은 달처럼 거짓 희망으로 빛나고 있는 외부 상황에 대한 원망과 적대 감정일 수도 있습니다.

한 편의 시가 탄생하기까지

위 인용문을 읽다 보면 어떤 시에서 비슷한 문장을 본 느낌이 떠오르지 않는지요. "못 속에도 역시 가을이 있고, 삼경이 있고, 나무가 있고, 달이 있다"는 구절은 「자화상」에서도 유사한 구조로 나타납니다.

산모퉁이를 돌아 논가 외딴 우물을 홀로 찾아가선
가만히 들여다봅니다.

우물 속에는 달이 밝고 구름이 흐르고
하늘이 펼치고 파아란 바람이 불고 가을이 있습니다.

그리고 한 사나이가 있습니다.
어쩐지 그 사나이가 미워져 돌아갑니다.

自畵像

산모퉁이를 돌아 논가 외딴우물을 홀로
찾어가선 가만히 드려다 봅니다.

우물속에는 달이 밝고 구름이 흐르고
하늘이 펼치오 파아란 바람이 불고 가
을이 있습니다.

그리고 한 사나이가 있습니다.
어쩐지 그 사나이가 미워저 돌아 갑니다.

돌아가다 생각하니 그 사나이가 가엾어집
니다. 도로 가 드려다 보니 사나이는 그
대로 있읍니다.

다시 그 사나이가 미워저 돌아 갑니다.
돌아가다 생각하니 그 사나이가 그리워집
니다.

「자화상」 윤동주 육필 원고

...

"못 속에도 역시 가을이 있고, 삼경이 있고, 나무가 있고, 달이 있다"는 구절은
「자화상」에서도 유사한 구조로 나타난다. "우물속에는 달이 밝고 구름이 흐르고
하늘이 펼치고 파아란 바람이 불고 가을이 있습니다"와 같이 변형하여 반복하고
있다.

돌아가다 생각하니 그 사나이가 가엾어집니다.

도로 가 들여다보니 사나이는 그대로 있습니다.

다시 그 사나이가 미워져 돌아갑니다.

돌아가다 생각하니 그 사내가 그리워집니다.

우물속에는 달이 밝고 구름이 흐르고 하늘이 펼치고

파아란 바람이 불고 가을이 있고 추억처럼 사나이가 있습니다.

산문 「달을 쏘다」에 나오는 구절을 시 「자화상」 2연과 6연에서 조금 변형하여 반복하고 있습니다. 2연을 중심 문장으로 하여 6연을 변형 반복하고, 그 사이에 있는 3~5연을 통해 이야기를 발전시켜 나가는 방식입니다.

3~5연에서 윤동주가 보는 사나이는 밉고, 가엾고, 다시 밉고, 그립습니다. 저 사나이를 화자 윤동주의 분신으로 본다면, 자기 자신에 대해 연민을 느끼는 열등감의 상태로 볼 수 있습니다. "열등감은 성숙의 밑거름이 될 수 있다"는 아들러 심리학에 따르면, 윤동주는 자기성찰을 통해 열등감을 승화시키는 건강한 인격체로 볼 수 있겠습니다.

이 지점에서 우리는 윤동주의 글쓰기 과정을 볼 수 있습니다. 연희전문에 입학했던 1938년 1학기 기말고사 답안지에 썼던 글을 산문으로 완성하고, 1938년 10월에 《조선일보》에 투고하고, 산문의 한 부분을 다시 살려 1939년 9월 시 한 편을 완성시킨 겁니다. 시 한 편 쓰는 데 1년 걸렸다는 사실을 확인할 수 있습니다.

① 1938년 8, 9월경 기말고사 보고서
② 1938년 10월 수정 후 《조선일보》에 투고
③ 1939년 1월 《조선일보》 학생란에 「달을 쏘다」라는 제목으로 발표
④ 1939년 9월 다시 수정 시 「자화상」 완성

윤동주는 산문 「화원에 꽃이 핀다」에서 문장 한 행을 쓰는 데 1년 이상 걸린다고 말합니다. 1년 동안 온몸과 세포를 거쳐 익히고 익은 문장을 썼다는 겁니다.

딴은 얼마의 단어를 모아 이 졸문을 지적거리는 데도 내 머리는 그렇게 명석한 것이 못 됩니다. 한 해 동안을 내 두뇌로써가 아니라 몸으로써 일일이 헤아려 세포 사이마다 간직해두어서야 겨우 몇 줄의 글이 이루어집니다. 그리하여 나에

게 있어 글을 쓴다는 것이 그리 즐거운 일일 수는 없습니다. 봄바람의 고민에 짜들고, 녹음의 권태에 시들고, 가을 하늘 감상에 울고, 노변(爐邊)의 사색에 졸다가 이 몇 줄의 글과 나의 화원과 함께 나의 일 년은 이루어집니다.

— 윤동주, 「화원에 꽃이 핀다」

여기서 '나의 화원'이란 글 한 편이 성장하고 꽃 피고 결실되어 가는 상상의 화원을 말합니다. 이제까지 살펴보았던 윤동주의 글쓰기를 정리하면, 세 가지로 말할 수 있겠습니다.

첫째, 윤동주의 글쓰기는 방과 세상의 구분이 없었습니다. 어디서든 그는 글을 썼습니다. 산책하고 나서도 글을 썼습니다.

둘째, 윤동주가 「자화상」이라는 한 편의 시를 완성하는 데 최소한 1년 이상이 걸렸다는 사실입니다. 봄바람과 녹음의 여름을 거쳐, 가을 하늘을 지나 겨울 난로 옆에서 지내면서, 사색하고 몇 줄 글을 쓴다고 합니다.

셋째, 글을 그저 관념으로만 쓴 것이 아니라, "두뇌로써가 아니라 몸으로써 일일이 헤아려 세포 사이마다 간직해두어서야" 가까스로 몇 줄 얻어 글로 기워왔다는 과정을 볼 수 있습니다.

윤동주가 어떻게 글을 썼는지는 대단히 중요합니다. 여기서는 세 가지로만 정리하고 뒤에 「화원에 꽃이 핀다」를 분석하면서 한 번 더 상세하게 생각해보겠습니다.

무사의 마음으로

이제 산문 「달을 쏘다」의 마지막 부분에 이르렀습니다. 절망적인 순간에 이 글을 정말 윤동주가 썼을까 싶지 않게, 갑자기 호전적인 태도를 보입니다.

> 더듬어 돌을 찾아 달을 향하여 죽어라고 팔매질을 하였다. 통쾌(痛快)! 달은 산산(散散)히 부서지고 말았다. 그러나 놀랐던 물결이 잦아들 때 오래잖아 달은 도로 살아난 것이 아니냐, 문득 하늘을 쳐다보니 얄미운 달은 머리 위에서 빈정대는 것을―.
>
> 나는 곳곳한 나뭇가지를 골라 띠를 째서 줄을 매어 훌륭한 활을 만들었다. 그리고 좀 탄탄한 갈대로 화살을 삼아 무사(武士)의 마음을 먹고 달을 쏘다.

읽고 나면 조금 헛된 행동처럼 보입니다. 왜 달에 활을 쏠까요. 그것도 나뭇가지로 만든 약하기 이를 데 없는 화살을 만들어 쏠까요.

윤동주가 이 글을 썼던 1938년 식민지 상황으로 돌아가 생각해보겠습니다. 개인적으로는 친구의 절교선언을 듣기도 했지만, 글에 쓸 수 없는 상황들이 있었습니다. 1938년 3월 3일에는 총독부 교육령에 따라 조선어가 선택과목이 되면서 실제로는 조선어 수업이 사라지던 해였습니다. 조선에는 점점 희망이 사라지던 시기였습니다. 당시 1937년 12월 13일 난징을 점령한 일본군들이 이후 약 6주간 소위 난징대학살을 저질렀던 소문이 알음알음 윤동주의 귀에까지 이르렀을지도 모릅니다. 기관총을 들 수도 없었던 윤동주가 할 수 있는 행동은 너무도 허무한 행동이었습니다.

이 글에는 두 개의 달이 있습니다. 물결 위에 떠 있는 달 하나, 머리 위에서 얄밉게 떠 있는 실재하는 달이 있습니다. 행간에 숨어 있는 달은 윤동주 내면에 드리운 달일 겁니다.

그가 물결 위의 달과 하늘의 달을 깨부수려 하는 것은 바로 내면의 달을 부수고 싶었기 때문일 겁니다. 내면의 달은 고정관념일 수도 있고, 부끄러움일 수도 있고, 욕망일 수도 있을 겁니다.

오늘따라
연정(戀情), 자홀(自惚), 시기(猜忌), 이것들이
자꾸 금메달처럼 만져지는구려

하나, 내 모든 것을 여념(餘念) 없이,
물결에 써서 보내려니

당신은 호면(湖面)으로 나를 불러내소서.

— 윤동주, 「이적(異蹟)」 일부, 1938.6.19.

이 시를 쓴 1938년 6월 19일은 산문 「달을 쏘다」를 쓴 시기와 거의 겹칩니다. 금메달처럼 만져지는 "연정, 자홀, 시기"야말로 그의 내면에 있는 부정적인 달이었을 겁니다. 연정은 이성을 그리워하는 욕망이고, 자홀은 요즘 말로 '자뻑'이랄 수 있는 나르시시즘이고, 시기는 남을 질투하는 마음입니다. "여념 없이 / 물결에 써서 보내려" 했던 이것들이야말로 그가 부서뜨리고 싶었던 내면의 달이었겠죠. 이것들이 그도 알지 못했던 울증(鬱症)을 만들었을 겁니다.

이제까지 읽은 산문 「달을 쏘다」는 겉으로 읽으면 대단히 감상적인 글로 읽힙니다. 핀슨홀에서 지내는 상황과 내면이 상세하게 표현되어 있고, 친구와 이별하는 상황도 상세하게 나옵니다. 이 글은 화자 밖에 있는 핀슨홀의 분위기와 밤풍경만 표현하고 있을까요.

더욱 주목해야 할 것은 이러한 표면적 묘사 속에 숨어 있는 그의 성숙하고 강력한 내면입니다. 그 모든 부정적이고 우울한 내면의 달과 헛것으로 빛나고 있는 외부의 달을 깨부수겠다는 마지막 문장은 백미라고 아니할 수 없습니다.

뒷부분에서 글은 점점 강한 분위기를 보입니다. "죽어라고 팔매질", "통쾌", "꼿꼿한", "띠를 째서", "탄탄한 갈대"는 이 산문의 앞부분에서 볼 수 없었던 강한 역동성(逆動性)을 보이는 표현입니다. 음악으로 말하면 큰북과 심벌즈가 울리고, 갑자기 크레센도 되어, 포르티시모가 되는 느낌입니다.

> **글의 표면**　핀슨홀 공간, 친구와 이별, 가을에 대한 지나칠 정도의 세세한 표현
>
> **글의 이면**　무사의 마음으로 달(헛것)을 부수겠다는 강력한 내면의 다짐

이 표현들이 갖고 있는 역동성은 "무사의 마음"이라는 단어에 모입니다. "무사의 마음"이라는 마지막 표현에서 글은 갑자기 도약합니다. 비관과 절망에서 느닷없이 "달을 쏘다"라고 마무리합니다. 이 말이 외부의 헛것에 대한 공격이라 생각할 때, 가령 식민지가 만든 거짓 희망에 대한 공격이라고 생각하면 얼마나 허망한 짓처럼 느껴지는지요. 도대체 이십대 초반의 젊은이가 달(헛것)을 쏜다 한들 무슨 의미가 있겠습니다.

이렇게 어처구니없지만 끝까지 공격하고, 무지막지하게 끝까지 희망을 걸어보려는 태도야말로 암담한 식민지 상황을 견딜 수 있었던 의미였을 겁니다. 이 참혹한 기다림, 이 참혹한 절규야말로 잔혹한 낙관주의(Cruel Optimism)이지 않을까요. 식

민지 시대에 해방을 꿈꾸는 것은 위험합니다. 걸렸다 하면 잔혹한 일을 당할 수도 있습니다. 눈에 전혀 보이지 않는 희망을 계속 기다리는 태도를 잔혹한 낙관주의라고 부르렵니다.

> '잔혹한 낙관주의'란 실현이 불가능하여 순전히 환상에 불과하거나, 혹은 너무나 가능하여 중독성이 있는 타협된·공동약속된 가능성의 조건에 대한 애착관계를 이르는 말이다. (……) 잔혹한 낙관주의는 문제적인 대상의 상실에 앞서 미리 그것에 대한 애착을 간직하는 상황을 말한다.
>
> — 엘스페스 프로빈 저, 멜리사 그레그·그레고리 시그워스 편, 『정동이론』, 갈무리, 2015. 162~163쪽

본래 멜리사 그레그가 썼던 이 용어는 잔혹한 환경에서도 거짓 환상에 속아 낙관하며 살아가는 현대인의 비극을 표현한 용어입니다. 식민지 시대라는 잔혹한 상황에서 낙관하며 노예로 살아가는 삶을 뜻하겠지요.

나는 정반대로 해석하고 싶습니다. 식민지 시대에 오지 않는 희망을 걸며, 잔혹하게 기다리는 상황을 '잔혹한 낙관주의'라고 명명하고 싶습니다.

독재국가에서 민주주의를 꿈꾸는 것은 위험합니다. 걸렸다 하면 끔찍한 고문을 받을 수도 있습니다. 일말의 희망이 없는,

거짓만 빛나는 세상에서도 살 만한 세상을 꿈꾸는 판타지를 유지하는 것은 지루하기 짝이 없는 잔혹한 낙관주의입니다.

사회, 경제, 환경이 절망할 정도로 나빠져도 사람들은 "언젠가는 좋은 날이 올 거야"라는 판타지로 버팁니다. 자유주의적 자본주의, 3포 시대, 빈부격차라는 잔혹한 사회에서도 더 나은 삶을, 아니 그런 기회가 오지 않더라도 기다리며 견디는 겁니다.

더욱 절망적인 상황에서 희망을 꿈꾸는 시간은 얼마나 지루하고 끔찍할까요. 희망이 전혀 없는 시대에서 꿈꾸는 낙관주의는 잔혹합니다. 모든 낙관주의가 잔혹한 것은 아니지만, 현재 더 이상 희망이 없는 상황에서 좋은 삶을 꿈꾸는 판타지, 잔혹한 낙관주의란 어쩌면 상처투성이의 현재를 견디며 기어가며 넘어서는 용기이기도 합니다.

일찌감치 친일의 길에 들어선 친일문인들은 눈에 보이는 현실권력을 따르며, 눈에 보이지 않는 잔혹한 낙관주의를 포기했던 인물들이겠죠. 그들의 낙관주의는 '비겁한 낙관주의'(본 회퍼, 『옥중서신』)라 할 수 있겠습니다.

"달을 쏘다"라는 문장은 허망한 현실에서 끝까지 포기하지 않고 버티겠다는 다짐을 뜻합니다. 마지막 구절이야말로 그의 당찬 저항을 응축한 표현입니다. 마지막 구절 "달을 쏘다"는 이 글의 제목입니다. '달을 쏜다'가 아니라, "달을 쏘다"라고

서울예술단 창작가무극 〈윤동주, 달을 쏘다.〉 2013년 포스터 (초연 2012년)
...

공연의 주제곡은 윤동주 산문 「달을 쏘다」의 당찬 다짐을 잘 표현하고 있다.
"달을 쏘다"라고 표현한 다소 허망한 다짐은 끝까지 포기하지 않고 버티겠다는
결심의 표현이다.

할 때 어떤 느낌이 드시는지요. '쏜다'라고 하면, 지금 쏘는 느낌이지요. "쏘다"라고 하면 동사 원형을 쓰는 데서 오는 당찬 다짐이 손에 잡힐 듯합니다. 동시에 현재보다는 과거 현재 미래 구분 없이 언제든 쏘겠다는 느낌을 줍니다. 그 마음으로 윤동주는 마무리합니다.

　"갈대로 화살을 삼아 무사의 마음을 먹고 달을 쏘다."

이 밤에도
과제를 풀지 못했네

별똥 떨어진 데

「병원」「나무」「눈 감고 간다」

나무가 있다.

그는 나의 오랜 이웃이요, 벗이다.

칙칙하면 솔솔 솔바람이 불어오고,

심심하면 새가 와서 노래를 부르다 가고,

졸졸하면 한 줄기 비가 오고,

밤이면 수많은 별들과 오순도순 이야기할 수 있고.

- 윤동주, 「별똥 떨어진 데」에서

별똥 떨어진 데

밤이다.

하늘은 푸르다 못해 농회색(濃灰色)으로 캄캄하나 별들만은 또렷또렷 빛난다. 침침한 어둠뿐만 아니라 오삭오삭 춥다. 이 육중한 기류(氣流) 가운데 자조(自嘲)하는 한 젊은이가 있다. 그를 나라고 불러두자.

나는 이 어둠에서 배태(胚胎)되고 이 어둠에서 생장(生長)하여서 아직도 이 어둠 속에 그대로 생존(生存)하나 보다. 이제 내가 갈 곳이 어딘지 몰라 허우적거리는 것이다. 하기는 나는 세기(世紀)의 초점(焦点)인 듯 초췌(憔悴)하다. 얼핏 생각하기에는 내 바닥을 반듯이 받들어 주는 것도 없고 그렇다고 내 머리를 갑박이 내려 누르는 아무것도 없는 듯하다마는 내막(內幕)은 그렇지도 않다. 나는 도무지 자유(自由)스럽지 못하다. 다만 나는 없는 듯 있는 하루살이처럼 허공에 부유(浮遊)하는 한 점에 지나지 않는다. 이것이 하루살이처럼 경쾌(輕快)하다면 마침 다행할 것인데 그렇지를 못하구나!

이 점의 대칭위치(對稱位置)에 또 하나 다른 밝음(明)의 초점(焦点)이 도사리고 있는 듯 생각된다. 덥석 움키었으면 잡힐 듯도 하다.

마는 그것을 휘잡기에는 나 자신(自身)이 둔질(鈍質)이라는 것보다 오히려 내 마음에 아무런 준비(準備)도 배포치 못한 것이 아니냐. 그리고 보니 행복이란 별스러운 손님을 불러들이기에도 또 다른 한 가닥 구실을 치르지 않으면 안 될까 보다.

이 밤이 나에게 있어 어린 적처럼 한낱 공포(恐怖)의 장막인 것은 벌써 흘러간 전설(傳說)이요. 따라서 이 밤이 향락(享樂)의 도가니라는 이야기도 나의 염두(念頭)에선 아직 소화(消化)시키지 못할 돌덩이다. 오로지 밤은 나의 도전(挑戰)의 호적(好敵)이면 그만이다.

이것이 생생한 관념 세계(觀念 世界)에만 머무른다면 애석한 일이다. 어둠 속에 깜박깜박 졸며 다닥다닥 나란히 한 초가(草家)들이 아름다운 시의 화사(華詞)가 될 수 있다는 것은 벌써 지나간 제 너레이션의 이야기요, 오늘에 있어서는 다만 말 못하는 비극(悲劇)의 배경(背景)이다.

이제 닭이 홰를 치면서 맵짠 울음을 뽑아 밤을 쫓고 어둠을 짓내몰아 동켠으로 휜-히 새벽이란 새로운 손님을 불러온다 하자. 하나 경망(輕妄)스럽게 그리 반가워할 것은 없다. 보아라, 가령(假令) 새벽이 왔다 하더라도 이 마을은 그대로 암담(暗澹)하고 나도 그대로 암담하고 하여서 너나 나나 이 가랑지길에서 주저주저 아니치 못할 존재(存在)들이 아니냐.

나무가 있다.

그는 나의 오랜 이웃이요, 벗이다. 그렇다고 그와 내가 성격이

나 환경이나 생활이 공통한 데 있어서가 아니다. 말하자면 극단
과 극단 사이에도 애정(愛情)이 관통(貫通)할 수 있다는 기적적인
교분(交分)의 한 표본(標本)에 지나지 못할 것이다.

　나는 처음 그를 퍽 불행한 존재(存在)로 가소롭게 여겼다. 그의
앞에 설 때 슬퍼지고 측은(惻隱)한 마음이 앞을 가리곤 하였다. 마
는 오늘 돌이켜 생각건대 나무처럼 행복한 생물은 다시없을 듯
하다. 굳음에는 이루 비길 데 없는 바위에도 그리 탐탁치는 못할
망정 자양분(滋養分)이 있다 하거늘 어디로 간들 생의 뿌리를 박
지 못하며 어디로 간들 생활의 불평이 있을 소냐. 칙칙하면 솔솔
솔바람이 불어오고, 심심하면 새가 와서 노래를 부르다 가고,
졸졸하면 한 줄기 비가 오고, 밤이면 수많은 별들과 오손도손 이
야기할 수 있고 - 보다 나무는 행동의 방향이란 거추장스러운 과
제(課題)에 봉착(逢着)하지 않고 인위적(人爲的)으로든 우연(偶然)으
로써든 탄생(誕生)시켜준 자리를 지켜 무진무궁(無盡無窮)한 영양
소(營養素)를 흡취(吸取)하고 영롱(玲瓏)한 햇빛을 받아들여 손쉽게
생활을 영위(營爲)하고 오로지 하늘만 바라고 뻗어질 수 있는 것
이 무엇보다 행복스럽지 않으냐.

　이 밤도 과제(課題)를 풀지 못하여 안타까운 나의 마음에 나무
의 마음이 점점 옮아오는 듯하고, 행동할 수 있는 자랑을 자랑치
못함에 뼈저리는 듯하나 나의 젊은 선배(先輩)의 웅변(雄辯)이 왈
(曰) 선배(先輩)도 믿지 못할 것이라니 그러면 영리(伶悧)한 나무에

게 나의 방향을 물어야 할 것인가.

어디로 가야 하느냐 동이 어디냐 서가 어디냐 남이 어디냐 북이 어디냐. 아라! 저 별이 번쩍 흐른다. 별똥 떨어진 데가 내가 갈 곳인가 보다. 하면 별똥아! 꼭 떨어져야 할 곳에 떨어져야 한다.

- 윤동주, 「별똥 떨어진 데」, 1941.

연희전문의 기숙사, 핀슨홀(사진 정중앙)

...

상공에서 바라본 핀슨홀로 건물 주변이 온통 나무로 둘러싸여 있다.
윤동주가 본 핀슨홀은 "서산대사가 살았을 듯한 우거진 송림 속"에
외따로 서 있는 기숙사였다.

이 밤의 과제를 풀지 못했네

어떻게 읽으셨는지요. 「별똥 떨어진 데」를 읽으면 도대체 무슨 말을 하는지 잘 짚이지 않습니다. 배경도 정확히 알 수 없어, 뜬구름 잡는 이야기로 읽힙니다. 다만 어디선가 읽었는지 익숙한 제목이 아닌지요. 바로 윤동주가 좋아하는 정지용 시인이 쓴 동시 「별똥」의 첫 구절이 제목입니다.

별똥 떨어진 곳,

마음에 두었다

다음 날 가 보려

벼르다 벼르다

이젠 다 자랐소.

지금은 떨어지는 별똥 보기가 쉽지 않은데 옛날엔 별도 잘 보이고 떨어지는 유성도 잘 보였을 겁니다. 시골 평상에 누워 별을 세다보면 어둠을 빗금으로 가르며 빠르게 떨어지는 황홀한 별을 볼 수 있습니다. 어디 떨어졌을까. 별똥은 얼마나 클까. 떨어진 별똥을 줍고 싶은 마음이 생깁니다. 주으러 가보고 싶지만 이내 포기합니다. 사실 엄청나게 먼 거리에 떨어졌을 테니까요. 다음날 가보겠다며 벼르고 벼르다 보니 어느새 어른이 되었다는 독특한 동시입니다. 아이가 쓴 동시 같은데 "이젠 다 자랐소"라며 어른 화자가 등장하지요.

정지용은 1930년에 「별똥」을 쓰고 1935년에 『정지용 시집』에 실어요. 정지용을 좋아했던 윤동주는 이 시집을 1936년 3월 19일에 구입합니다. 해방 후 이 시 「별똥」은 교과서에 실립니다. 친일문학을 하지 않았던 정지용은 가톨릭에서 발간한 《경향신문》 초대 주필이 됩니다. 정지용은 윤동주 시 「쉽게 쓰여진 시」를 《경향신문》에 최초로 소개했지요. 이승만 정부를 치열하게 비판했던 《경향신문》 주필이기 때문일까요. 1949년 '국가이념에 맞지 않는다'는 이유로 이 시 「별똥」은 교과서에서 삭제됩니다.

1987년 해금될 때까지 정지용의 「별똥」은 교과서에서 사라졌을 뿐 아니라, 남쪽과 북쪽 어디에서도 읽을 수 없는 작품이었습니다. 1950년 정지용이 평양교도소에서 폭격으로 죽었다는 소식이 알려지고, 이 시는 해금된 후에 다시 남쪽 교과서에

145

실립니다.(유튜브에서 '정지용 별똥 김응교'를 검색하면 노래로 들으실 수 있습니다.)

윤동주는 정지용 시인을 '시의 아버지'(poetic father)로 생각했습니다. 정지용 시 「말」이 좋다며 동생들에게 여러 번 말했다죠.

말아, 다락같은 말아,
너는 점잖도 하다마는
너는 왜 그리 슬퍼 뵈니?
말아, 사람 편인 말아,
검정 콩 푸렁 콩을 주마.

이 말은 누가 난 줄도 모르고
밤이면 먼 데 달을 보며 잔다.

'다락같다'란 덩치나 규모 정도가 매우 크고 심하다는 뜻입니다. 말이 슬퍼 보이는 이유는 실은 다른 데서 태어나 엄마 아빠랑 헤어졌기 때문이라는 암시를 2연에서 보여줍니다. 디아스포라의 설움을 보여주는 동시입니다.

정지용 시 「비로봉」 등 많은 시를 모방해서 써보기도 했습니다. 윤동주의 「슬픈 족속」은 정지용의 「띠」라는 시와 유사합니다. 윤동주가 정지용 시인을 얼마나 좋아했는가는 ‘『정지용 시집』을 만나다’(김응교, 『처럼―시로 만나는 윤동주』, 문학동네, 2017. 111~126쪽)를 참조하시면 합니다.

『정지용 시집』을 사서 색연필로 표시하며 읽고, 모방하기도 했던 윤동주가 정지용 동시 「별똥」을 몰랐을 리는 없지요. 윤동주 산문 「별똥 떨어진 데」는 정지용 동시 「별똥」의 첫구절 "별똥 떨어진 곳"에서 착상했을 가능성이 큽니다. 윤동주는 「별똥 떨어진 데」라는 제목으로 산문을 1939년경에 씁니다.

밤이다. 나는 어둠에서 태어나고

이 산문은 네 가지 이야기로 구성되어 있습니다. 윤동주는 독립해서 쓸 수 있는 두 이야기를 한 편의 에세이로 모았습니다. 첫째는 "밤이다"로 시작하는 밤 이야기입니다.

밤이다.

하늘은 푸르다 못해 농회색(濃灰色)으로 캄캄하나 별들만은 또렷또렷 빛난다. 침침한 어둠뿐만 아니라 오삭오삭 춥다. 이 육중한 기류(氣流) 가운데 자조(自嘲)하는 한 젊은이가 있다. 그를 나라고 불러두자.

"밤이다"로 시작하는 첫 구절은 암담한 현실을 간단하게 표현합니다. 「달을 쏘다」에서는 핀슨홀 내부와 외부 풍경을 묘사하는데, 「별똥 떨어진 데」에서는 자신의 내면을 '어둠'으로 강렬하게 표현합니다. 일단 도표로 쉽게 그리면 아래와 같습니다.

밤이다. 하늘은 푸르다 못해 농회색으로 캄캄하나 별들만은 또렷또렷 빛난다.

↓

새벽이란 새로운 손님을 불러온다 하자.

↓

나무가 있다. 그는 나의 오랜 이웃이요, 벗이다.

↓

별똥 떨어진 데가 내가 갈 곳인가 보다.

둘째는 새벽 이야기가 있습니다. 밤 이야기가 끝나자마자 새벽 이야기를 잠깐 삽입한 모양새입니다.

셋째는 "나무가 있다"로 시작하는 나무 이야기입니다. 이 산문에서 가장 아름다운 부분입니다. 이 부분은 여러 사람이 함께 읽고 돌아가면서 어떤 문장이 좋았는지 대화하는 시간을 가져도 좋습니다.

첫 대목부터 윤동주는 자신의 한계를 설명합니다. "자조(自嘲)하는 한 젊은이가 있다. 그를 나라고 불러두자"는 표현, 자신을 떼내어 다른 사람처럼 표현하는 기법은 윤동주가 가끔 쓰는 표현입니다. 「달을 쏘다」에서도 "나는 나를 정원(庭園)에서 발견하고"라며 자신을 자신에게서 떼내어 표현하고 있지요. 「자화상」에서도 자신을 "사나이"로 분리하여, 미워하고 가엾어 하고 또 다시 미워하기도 합니다. 「쉽게 씌어진 시」에서는 "나는 나에게 작은 손을 내밀어"라고 합니다. 자신을 객관화시켜 보는 반구저기(反求諸己)의 자세가 일상화 되어 있는 품성이지요.

나는 이 어둠에서 배태(胚胎)되고 이 어둠에서 생장(生長)하여서 아직도 이 어둠 속에 그대로 생존(生存)하나 보다. 이제 내가 갈 곳이 어딘지 몰라 허우적거리는 것이다. 하기는 나는 세기(世紀)의 초점(焦点)인 듯 초췌(憔悴)하다. 얼핏 생각하기에는 내 바닥을 반듯이 받들어 주는 것도 없고 그렇다고 내 머리를 갑박이 내려 누르는 아무 것도 없는 듯하다마는 내막(內幕)은 그렇지도 않다. 나는 도무지 자유(自由)스럽지 못하다. 다만 나는 없는 듯 있는 하루살이처럼 허공에 부유

(浮遊)하는 한 점에 지나지 않는다. 이것이 하루살이처럼 경쾌(輕快)하다면 마침 다행할 것인데 그렇지를 못하구나!

화자는 자신을 "어둠에서 배태되고, 어둠에서 생장하여" 아직도 "어둠 속에서 그대로 생존"하는 실존으로 표현합니다. 방금 '실존'이라고 썼는데, 실존이란 실제로[實] 존재[存]하는 인간의 존재 방식을 말합니다. 실존주의(existentialism)에서 말하는 인간은 실제로 존재하는 모습을 밖으로(Exit) 내보이는, 자기만의 고유한 삶을 보이는 단독성을 가진 존재입니다. 실존주의를 '나가섬'이라고 표현하기도 합니다.

그런데 이 글의 화자는 "내가 갈 곳이 어딘지 몰라 허우적거리는" 헛것으로 살고 있다고 고백합니다. 바로 윤동주 자신의 모습이지요. 완전히 절망하고 있는 상황, 이런 상황은 1939년 9월 「자화상」을 쓰고 1940년 12월 「병원」을 쓰기까지 침묵기에 나타나는 상황이기에 이 글은 바로 이 시기에 쓴 글이 아닌가 추측됩니다.

"내 머리를 갑박이 내려 누르는 아무 것도 없는 듯하다마는"에서 "갑박이"는 무슨 뜻일까요. 평안도 방언에 '갑북'이 있고, 북한 문화어에는 이를 살려 '가뿍'(가득하게 잔뜩)으로 쓰고 있답니다. '갑박-이→가빡-이'는 '갑박→가빡'의 힘줌말로, '잔뜩 누르는 모양'을 나타내는 방언입니다(조재수, 『윤동주

시어사전』, 연세대 출판부, 2005. 216쪽).

"나는 도무지 자유(自由)스럽지 못하다. 다만 나는 없는 듯 있는 하루살이처럼 허공에 부유(浮遊)하는 한 점에 지나지 않는다."

이 문장이 나오는 산문 「별똥 떨어진 데」와 비슷한 시기에 쓴 시 「병원」(1940.12.)에서 윤동주는 자신을 환자의 모습으로 설명합니다.

살구나무 그늘로 얼굴을 가리고, 병원(病院) 뒤뜰에 누워, 젊은 여자(女子)가 흰옷 아래로 하얀 다리를 드러내놓고 일광욕(日光浴)을 한다. 한나절이 기울도록 가슴을 앓는다는 이 여자(女子)를 찾아오는 이, 나비 한 마리도 없다. 슬프지도 않은 살구나무 가지에는 바람조차 없다.

나도 모를 아픔을 오래 참다 처음으로 이곳에 찾아왔다. 그러나 나의 늙은 의사는 젊은이의 병(病)을 모른다. 나한테는 병(病)이 없다고 한다. 이 지나친 시련(試鍊), 이 지나친 피로(疲勞), 나는 성내서는 안 된다.

여자(女子)는 자리에서 일어나 옷깃을 여미고 화단(花壇)에서 금잔화(金盞花) 한 포기를 따 가슴에 꽂고 병실(病室) 안으로 사라진다. 나는 그 여자(女子)의 건강(健康)이—아니 내 건

강(健康)도 속(速)히 회복(回復)되기를 바라며 그가 누웠던 자
리에 누워본다.

— 윤동주, 「병원」, 1940. 12. 전문

1연에서는 나비 한 마리 찾아오지 않는 여성 환자가 나옵니
다. "흰옷 아래로 하얀 다리를 드러내놓고"란 문장을 쓴 원고
지를 보면 "무릎팍까지" 드러내놓았다는 단어가 있었는데 지
운 흔적이 있습니다. 심미적 표현이 지나치면 의도한 내용에서
빗나갈까 봐 삭제한 것이겠죠.

2연에서는 자신은 물론 의사도 모를 병에 걸린 '나'가 나옵
니다. "나는 도무지 자유(自由)스럽지 못하다"(「별똥 떨어진 데」)
는 '나'와 비슷하지요. 나는 현실을 견디지 못하여 지쳐 가슴앓
이 하고 있는 환자입니다. "나도 모를 아픔을 오래 참다 처음으
로 이곳에 찾아왔다"의 '나'는 윤동주 자신일 수도 있고, 식민
지 청년들의 보편적인 스트레스를 겪는 인물일 수도 있습니다.
식민지 문학(Colonial Liturature)에서는 이름 모를 병에 걸린 이런
인물 유형이 자주 나옵니다. 의사의 치료를 기다리고 있으나
의사도 나도 병의 원인을 모릅니다. "이 지나친 시련, 이 지나
친 피로, 나는 성내서는 안 된다"라는 견딤은 당시 의식 있는
젊은이들이 겪어야 했던 아픔이었을 겁니다. 키르케고르(Søren
Kierkegaard, 1813~1855년)가 설명했던 인간의 3단계로 보면, 2연

은 아픔도 인내하며 견디는 윤리적 단계로 볼 수 있습니다.

3연에서는 여성환자와 남성환자가 모두 등장합니다. 아픈 "그가 누웠던 자리에 누워본다"는 행동은 남이 겪고 있는 괴로움을 조금이라도 함께 체험해보겠다는 마음의 표현입니다. 키르케고르가 설명했던 인간의 3단계 중에서 마지막 단계인 종교적 단계로 볼 수 있습니다. 남이 고통을 겪고 있는 자리 곁으로 가겠다는 결심은 실존주의에서 말하는 기투(企投)의 자세이기도 합니다.

본래 시집 『하늘과 바람과 별과 시』의 제목을 『병원』으로 붙이려 했을 정도로, 시 「병원」은 그의 내면을 잘 드러내는 작품입니다.

자신을 밤의 어둠으로 보는 자세는 도스토예프스키 장편소설 『지하로부터의 수기』에서 "나는 병든 인간이다"라는 첫 문장을 읽는 듯합니다.

나는 아픈 인간이다. (……) 나는 심술궂은 인간이다. 나란 인간은 통 매력이 없다. 내 생각에 나는 간이 아픈 것 같다. 하긴 나는 내 병을 통 이해하지 못하는 데다가 정확히 어디가 아픈지도 잘 모르겠다. 의학과 의사를 존경하긴 하지만 치료를 받고 있지 않으며 또 받은 적도 결코 없다.
— 도스토예프스키, 『지하로부터의 수기』, 민음사, 2010. 9쪽

첫 문장 "나는 아픈 인간이다"라는 표현은 인간의 한계를 깨달은 근대인들의 고백이기도 합니다. 이 인용문에도 "내 병을 통 이해하지 못하는" 화자가 등장합니다.

이제 4학년 졸업반으로 가는 윤동주 입장에서는 모든 것이 쉽지 않고 암담했을 겁니다. 어디가 아픈지도 모르면서 여기저기 아팠던 모양입니다. 더욱이 1939년에서 1940년 사이는 일제의 탄압이 점차 가혹해지던 답답하고 암울한 때였습니다. 지식인들은 마치 병원에 입원한 환자처럼 밀폐된 공간에서 극한에 다다른 삶을 살아야만 했습니다.

이 점의 대칭위치(對稱位置)에 또 하나 다른 밝음(明)의 초점(焦点)이 도사리고 있는 듯 생각된다. 덥석 움키었으면 잡힐 듯도 하다.

마는 그것을 휘잡기에는 나 자신(自身)이 둔질(鈍質)이라는 것보다 오히려 내 마음에 아무런 준비(準備)도 배포치 못한 것이 아니냐. 그리고 보니 행복이란 별스러운 손님을 불러들이기에도 또 다른 한 가닥 구실을 치르지 않으면 안 될까 보다.

수수께끼 같은 이 구절에는 뒤에 중요하게 나올 물음표 하나가 숨어 있습니다. 바로 '행복'이라는 단어입니다. 행복이 무얼

까 그 질문을 살짝 삽입해두었는데, 이후 "나무가 있다"에서 나무의 행복을 빌려 다름의 행복학을 풀어 씁니다.

이 밤이 나에게 있어 어릴 적처럼 한낱 공포(恐怖)의 장막인 것은 벌써 흘러간 전설(傳說)이요. 따라서 이 밤이 향락(享樂)의 도가니라는 이야기도 나의 염두(念頭)에선 아직 소화(消化)시키지 못할 돌덩이다. 오로지 밤은 나의 도전(挑戰)의 호적(好敵)이면 그만이다.

이것이 생생한 관념 세계(觀念 世界)에만 머무른다면 애석한 일이다. 어둠 속에 깜박깜박 졸며 다닥다닥 나란히 한 초가(草家)들이 아름다운 시의 화사(華詞)가 될 수 있다는 것은 벌써 지나간 제너레이션의 이야기요, 오늘에 있어서는 다만 말 못하는 비극(悲劇)의 배경(背景)이다.

누구나 그렇듯 어릴 적 밤은 윤동주에게도 두려운 시간이었습니다. "이 밤이 나에게 있어 어릴 적처럼 한낱 공포(恐怖)의 장막인 것은 벌써 흘러간 전설(傳說)"이라고 씁니다. 그런데 이것이 "생생한 관념 세계에만 머무른다면 애석"하다고 합니다. "애석(哀惜)하다"는 슬프고 아깝다는 뜻입니다. 도대체 무슨 역설일까요. 관념 세계가 아니라, 실제 상황이 밤이기에 맞붙을 만치 애석하지 않다는 말일까요.

뒤의 문장은 현실이 어떠한지 설명하고 있습니다. 화자의 눈앞에 보이는 것은 "어둠 속에 깜빡깜빡 졸며 다닥다닥 나란히 한 초가"집입니다. 저 풍경을 "아름다운 시의 화사" 곧 빛나는 [華, 빛날 화] 글[詞, 글 사]로 표현하는 것은 지난 세대(generation)의 일이라고 합니다. 화자가 본 저 풍경은 "다만 말 못하는 비극의 배경"입니다. "말 못하는 비극의 배경"이란 무엇일까요. 조선어를 쓰지 못하는, 조선어로 말할 수 없는 비극적인 식민지 현실이 아닐까요. 윤동주가 허우적거리며 괴로워하는 내면의 갈등은 바로 이 "말 못하는 비극의 배경"이 원인일 것입니다.

이어 아름다운 문장이 눈에 듭니다. 아름다운 문장이지만 그 안에는 희망을 믿지 못하는, 절망에 절어버린 설움이 숨어 있습니다.

이제 닭이 홰를 치면서 맵짠 울음을 뽑아 밤을 쫓고 어둠을 짓내몰아 동켠으로 훤―히 새벽이란 새로운 손님을 불러온다 하자. 하나 경망(輕妄)스럽게 그리 반가워할 것은 없다. 보아라, 가령(假令) 새벽이 왔다 하더라도 이 마을은 그대로 암담(暗澹)하고 나도 그대로 암담(暗澹)하고 하여서 너나 나나 이 가랑지길에서 주저주저 아니치 못할 존재(存在)들이 아니냐.

새벽이 온다고 경망스럽게 반가워할 필요 없다는 말은 대단히 신중한 태도입니다. 윤동주는 정치적으로 새벽이 온 줄 알았는데, 더욱 강고하게 탄압하는 총독부 정책을 이미 여러 번 체험했습니다.

"너나 나나 이 가랑지길에서 주저주저 아니치 못할 존재"에서 '가랑지길'이란 무엇일까요. '가랑이'는 원래의 몸에서 끝이 갈라져 나란히 벌어진 부분을 말합니다. "뱁새가 황새걸음을 걸으면 가랑이가 찢어진다"는 속담도 있습니다. 가랑이의 전라도 사투리는 '가랑지'입니다. 가랑지길은 '가랑지'에서 온 단어로 '갈림길'이 아닐까요. 『윤동주 시어사전』(207쪽)에서도 '갈림길'로 해석합니다.

윤동주가 "길을 잃었습니다"(「길」)라고 쓴 상황은 사뮈엘 베케트(Samuel Beckett, 1906~1989)의 〈고도를 기다리며〉에 나오는 처지와 비슷하지 않을까요. 이 작품은 2차 세계대전 이후 아무 희망이 없는 끔찍한 시대를 풍자한 부조리 연극입니다. 제목에 나오는 고도(Godot)란 무엇일까요. 고도란 보이지 않을 희망, 오지도 않는 신(God)이 아마득히 멀리 하나의 점(dot)으로만 보이는 희망 없는 시대를 뜻하겠지요.

단지 윤동주 개인의 절망만을 얘기하고 있는 대목일까요. "이 마을", "너나 나나"라는 표현을 볼 때 화자의 개인적인 어둠만을 강조하는 것이 아니라, 화자가 속한 공동체가 맞닥뜨린 시대적 상황을 암시하는 것으로 보입니다.

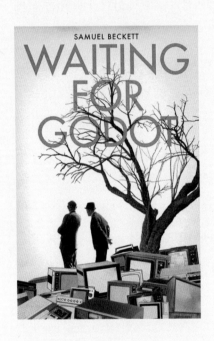

사뮈엘 베케트 〈고도를 기다리며〉 연극 포스터

...

윤동주가 "길을 잃었습니다"라고 쓴 상황은 사뮈엘 베케트의
〈고도를 기다리며〉에 나오는 처지와 비슷하다. 이 작품은 2차
세계대전 이후 아무 희망이 없는 끔찍한 시대를 풍자한 부조리
연극이다. 보이지 않을 희망, 오지도 않는 신(God)이 아마득히 멀리
하나의 점(dot)으로만 보이는 희망 없는 시대를 말한다.

나무가 있다

세 번째 단락은 "나무가 있다"로 시작합니다. 꽃과 풀과 대화했던 윤동주에게는 나무도 귀한 대화 상대였습니다. 연희전문에 입학하기 전에도 나무는 등장합니다. '나무 가지 위에 하늘이 펼쳐 있다'(「소년」), '눈 내리는 저녁에 나무 팔러 간/우리 아빠 오시나 기다리다가'(「창구멍」) 등에서 나무는 늘 그의 곁에 있습니다.

> 나무가 춤을 추면
>
> 바람이 불고,
>
> 나무가 잠잠하면
>
> 바람도 자오.

— 윤동주, 「나무」 전문, 1937.

이상하지 않나요. 사실 바람이 불면 나무가 춤을 추고, 바람이 자면 나무가 잠잠해야 하지 않는지요. 동주는 거꾸로 생각합니다. 원인과 결과를 바꾸었어요. 바람이 아니라 나무가 세상의 중심이며 주인이랍니다. 내가 세상을 바꿀 수 있다는 겁니다. 내가 정신없으면 만사가 엉망이고, 내가 태연하면 만사가 잘된다는 식으로 볼 수도 있겠습니다.

관점을 바꾸면 세상이 다르게 보입니다. 우리집에는 닭도 없는데, '다만 애기가 젖 달라 울어서 새벽이 된다', 우리집에는 시계도 없는데 '다만 애기가 젖 달라 보채어 새벽이 된다'(「애기의 새벽」)고 합니다. 닭이나 시계 대신 새벽을 끌어오는 이 '애기'야말로 바람을 춤추게 하고 잠잠케 하는 나무, 곧 강력한 단독자가 아닌지요.

동주가 좋아했던 『맹자』에 나오는 대장부(大丈夫)도 나무랑 비슷합니다. 세상에서 큰 도를 행하며(行天下之大道), 가난하거나 천해도 마음을 바꾸지 않는(貧賤不能移) 대장부야말로 나무와 비슷합니다. 광명중학교 시절 습작노트 '나의 습작기의 시 아닌 시' 뒤표지 안쪽에 적힌 메모, 3·4·5조가 반복되는 빈틈없는 '나무'는 이토록 많은 생각을 이끕니다(원고지 원본, 이 책 269쪽). 윤동주는 나무에 대해 짧지 않은 묵상을 남겼습니다.

나무가 있다.

그는 나의 오랜 이웃이요, 벗이다. 그렇다고 그와 내가 성격이나 환경이나 생활이 공통한 데 있어서가 아니다. 말하자면 극단과 극단 사이에도 애정(愛情)이 관통(貫通)할 수 있다는 기적적인 교분(交分)의 한 표본(標本)에 지나지 못할 것이다.

나는 처음 그를 퍽 불행한 존재(存在)로 가소롭게 여겼다. 그의 앞에 설 때 슬퍼지고 측은(惻隱)한 마음이 앞을 가리곤 하였다. 마는 오늘 돌이켜 생각건대 나무처럼 행복한 생물은

다시없을 듯하다. 굳음에는 이루 비길 데 없는 바위에도 그
리 탐탁치는 못할망정 자양분(滋養分)이 있다 하거늘 어디로
간들 생의 뿌리를 박지 못하며 어디로 간들 생활의 불평이
있을 소냐. 칙칙하면 솔솔 솔바람이 불어오고, 심심하면 새
가 와서 노래를 부르다 가고, 촐촐하면 한 줄기 비가 오고,
밤이면 수많은 별들과 오손도손 이야기할 수 있고—

윤동주에게 나무는 오랜 이웃이요 벗입니다. 사실 그는 자신
을 나무에 빗대고 있습니다. '퍽 불행한 존재로 가소롭게 여겼'
던 것은 그 자신일 수도 있겠습니다. 측은해 보이던 자신은 나
무를 보고 행복의 의미를 깨닫습니다. '칙칙하면 솔솔 솔바람
이 불어오고, (……) 밤이면 수많은 별들과 오손도손 이야기'하
는 나무의 일상은 행복 자체입니다.

　신기하게도 성경에 아주 비슷한 문구가 나옵니다. 젊은 예
수가 하나님 나라는 이런 거라며 비유하면서 이야기를 합니다.

　어떤 사람이 밭에 겨자씨를 뿌렸다. 겨자씨는 모든 씨앗
중에서 가장 작은 것이지만 싹이 트고 자라나면 어느 푸성귀
보다도 커져서 공중의 새들이 날아와 그 가지에 깃들일 만큼
큰 나무가 된다.

— 예수의 말, 마태복음 13장 31~32절

겨자씨는 자라도 기껏해야 나물에 불과합니다. 새들이 나물을 쪼아먹지 않고 그 가지에 깃들이는 것, 나물이 큰 나무가 된다는 것도 비약이지요. 겨자씨처럼 작고 보잘것없는 변두리 명동마을 출신 윤동주는 전혀 다른 경성이라는 밭에 뿌려져 새로운 나무로 자랍니다. 윤동주는 자기 자신을 나무로 삼아 위로합니다. 예수는 자기 자신을 포도나무로 비유하기도 했지요. 윤동주가 나무를 보는 시각은 성경에서 말하는 나무와 비교해 생각해볼 만합니다.

나무는 세상과 대립하는 명령자가 아닙니다. 세상과 더불어 움직이는 존재입니다. "나무가 잠잠하면 / 바람도 자오"라는 구절처럼 내 마음이 태연하면 세상도 평안합니다. 이제 앞서 잠깐 복선처럼 숨겨놓았던 행복에 대한 답을 할 차례입니다. 나무가 '행복'한 이유는 인용문 아래 이어 나옵니다.

보다 나무는 행동의 방향이란 거추장스러운 과제(課題)에 봉착(逢着)하지 않고 인위적(人爲的)으로든 우연(偶然)으로써든 탄생(誕生)시켜준 자리를 지켜 무진무궁(無盡無窮)한 영양소(營養素)를 흡취(吸取)하고 영롱(玲瓏)한 햇빛을 받아들여 손쉽게 생활을 영위(營爲)하고 오로지 하늘만 바라고 뻗어질 수 있는 것이 무엇보다 행복스럽지 않으냐.

우리말로 '더욱'이나 '더'라고 써야 하는데, "보다"(もっと)라고 쓴 것은 일본어의 영향이겠죠. 윤동주가 고민했던 것은 "행동의 방향"입니다. 그런데 나무가 행동하는 방향은 명확합니다.

여기서 나무가 행복한 이유가 나옵니다. 첫째, 거추장스러운 과제로부터 자유롭습니다.

둘째, 어찌 태어났든 나무는 "탄생시켜 준 자리"를 지킵니다. 나무를 탄생시킨 땅이 개천 옆이든, 쓰레기 많은 지저분한 곳이든, 멋진 정원이든 나무는 뿌리 내린 곳에서 자신을 키웁니다. 프라하에서 태어난 소설가 프란츠 카프카(Franz Kafka, 1883~1924)는 나무가 자신이 태어난 땅과 어떻게 결합되어 있는지를 이렇게 표현했습니다.

우리가 눈 속에 선 나뭇등걸과도 같으니까, 겉보기에 그것들은 그냥 살짝 늘어서 있어 조금만 밀치면 밀어내버릴 수도 있을 것 같다. 아니, 그럴 수는 없다. 나무들은 땅바닥과 단단하게 결합되어 있으니까. 그러나 보아라, 땅바닥과 단단하게 결합되어 있다는 것도 다만 겉보기에 그럴 뿐이다.
— 프란츠 카프카, 「나무들」, 『변신·시골의사』, 민음사, 1998. 174쪽

이상은 현실보다 더 깊이 결합되어 있습니다. 나무는 태어난 자리에서 단단하게 결합되어 있는 정도를 넘어, 뿌리끼리 서로

맺고 연대하고 있습니다. 나무는 땅바닥 위로 하늘로 향하며 자신을 키웁니다.

셋째 "영롱한 햇빛을 받아들"입니다. 오로지 하늘, 궁극적 관심(Ultimate Concern)으로 향합니다. 나무의 행복은 늘 하늘을 바라보는 향일성(向日性)에 있습니다. 아무리 힘들어도 나무는 밝은 햇살을 바라봅니다.

햇빛을 받아들여 생활을 영위하고

태양을 바라보는 향일성이란, 인간에게는 가야 할 길[道]을 포기하지 않는 삶입니다. 태양[日]으로 상징되는 하나의 목표를 향해[向] 살아가는 태도는 얼마나 중요한지 모릅니다. 윤동주는 "태양을 사랑하는 아이들", "별을 사랑하는 아이들"(「눈 감고 간다」1941. 5.)에게 다른 유혹에 흔들리지 말고 눈감고 가라며 저돌적인 향일성을 강조했습니다.

태양을 사모하는 아이들아
별을 사랑하는 아이들아

밤이 어두웠는데

눈 감고 가거라.

가진 바 씨앗을
뿌리면서 가거라

발부리에 돌이 채이거든
감았던 눈을 왓작 떠라.

— 윤동주, 「눈 감고 간다」, 1941.5.31.

"밤이 어두웠는데 / 눈 감고 가라"는 말은 무슨 뜻일까요. 불의의 세계를 두려워하지 말고, 차라리 보이지 않는 저 편 '너머'의 세계를 지향하는 자세를 말합니다. 방해가 되는 유혹 따위를 보지 말고 차라리 눈 감고 가라고 권합니다.

저 '너머'에 무엇인가 있기 때문입니다. 바로 '태양'으로 상징하는 어떤 큰 목적, 어떤 이념이든 신앙이든, 크나큰 뜻을 말합니다. 태양을 사랑하는 아이는 어둠을 신경 쓰지 않고, 겁 없이 물리치며 전진합니다.

"가진 바 씨앗"이란 표현이 참 좋지요. 이 표현이 큰 위로가 됩니다. 많건 적건 자기가 "가진 바 씨앗"을 뿌리면서 살아가는 겁니다. 못 배웠다고, 가난하다고 열패감에 싸일 필요가 없어요. 남과 비교할 필요도 없습니다. 그저 내가 "가진 바 씨앗을/뿌리면서" 살면 됩니다.

앞서 49쪽에 썼듯이, 성경에 나오는 달란트 비유(마태복음 25장 14~30절)를 생각나게 하는 부분이기도 합니다. 예수님은 "각각 그 재능에 따라"(each according to his ability) 좋은 일을 행하라고 권유하지요. 내가 못 배웠든 가난하든 내가 가진 재능에 따라 할 일을 하는 삶이 즐겁겠죠. 사실 아무것도 하지 않을 자유가 있다면 더 행복하겠죠. 아무것도 하지 않을 자유나 가진 바 씨앗을 뿌리는 자유나, 모두 주체적인 인간이 선택할 수 있는 자유입니다.

혹시 누군가 씨앗 뿌리는 걸 "발부리에 돌"처럼 막는다 해도, "감았던 눈을 왓작" 뜨고 가라고 합니다. 돌부리가 비아냥거리며 방해하면 눈을 왓작 뜨고 한 걸음을 다시 내딛습니다. "왓작"이라는 의태어는 조금 명랑하기도 합니다. '세상 같은 건 더러워서 버리는 것이다'(「나와 나타샤와 흰 당나귀」)라고 했던 백석 시인이 '굳고 정한 갈매나무'(「남신의주 유동 박시봉 방」)에서 위로를 얻었듯이, 동주도 무진무궁 영양소를 취하면서 오로지 하늘만 바라는 나무에서 행복을 누리려 합니다.

산문 「별똥 떨어진 데」에 나타나는 나무나 「눈 감고 간다」에 등장하는 아이에게 윤동주는 두 가지를 잊지 말라고 합니다. 하나는 하늘로 향하는 향일성입니다. 향일성을 지닐 뿐 아니라 뿌리를 내려야 하고, "가진 바 씨앗"을 뿌려야 합니다. 윤동주의 태도가 관념으로만 흐른 것이 아니라, 늘 현실에 깊이 뿌리 박고 있음을 볼 수 있습니다(원고지 원본, 이 책 270쪽).

이 밤도 과제(課題)를 풀지 못하여 안타까운 나의 마음에 나무의 마음이 점점 옮아오는 듯하고, 행동할 수 있는 자랑을 자랑치 못함에 뼈저리는 듯하나 나의 젊은 선배(先輩)의 웅변(雄辯)이 왈(曰) 선배(先輩)도 믿지 못할 것이라니 그러면 영리(恰悧)한 나무에게 나의 방향을 물어야 할 것인가.

흔히 윤동주를 나약하고 감성적인 청년으로 생각하지만, 그의 시를 대여섯 번 읽으면 영혼의 힘줄에 이상한 탄력이 부풉니다. "행동할 수 있는 자랑을 자랑치 못함"이라는 표현은 행동하여 자랑할 수 있는데도 자랑할 수 없는 상황을 말합니다. 자조와 반성의 목소리는 그를 폐쇄적으로 만들지 않고 오히려 더 옹골차게 보이게 합니다. 그 이유는 그가 늘 글 끝에 "무사의 마음으로 달을 쏘다"(「달을 쏘다」)나 "별똥 떨어진 데가 내가 갈 곳인가 보다"(「별똥 떨어진 데」)라며 다짐으로 맺고 있기 때문입니다. 그의 자조와 반성, 아들러식으로 말하면 윤동주의 "열등감은 공동체로 향하는 목적의식을 이루는 밑거름"입니다. 그 마음이 열매의 씨처럼 단단하다는 것을 친구 유영(전 연세대 교수)이 잘 증언했습니다.

누구도 어찌 못할 굳고 강한 것이었다. 문학에 지닌 뜻과 포부를 밖으로 내비치지 않으면서 안으로 차근차근 붓을 드는 버릇이 있었다. 동주는 말이 없다가도 이따금 한마디씩 하면 뜻밖의 소리로 좌중을 놀라게 했다.

— 유영, 「연희 전문 시절의 윤동주」, 『나라사랑』, 제23집, 1976.

변두리 출신, 식민지 백성이라는 굴레에서 그는 세상을 춤추고 잠들게 하는 나무에 주목합니다. 모자란 미물도 세상을 변화시킬 수 있습니다. '가지, 가지 사이로 반짝이는 별들만이 / 새날의 향연으로 나를 부른다'(「산림」, 1936.)는 구절처럼, 한 획 낭비 없이 단아하면서도 탄탄한 시는 우리 몸 어딘가를 툭 건드리며 이끕니다.

별똥아! 꼭 떨어져야 할 곳에 떨어져야 한다.

이제 마지막 부분입니다. 어두운 밤과 새벽과 나무를 얘기해온 윤동주는 마무리하면서 '별' 이야기를 꺼냅니다. 윤동주에게 '별'이란 무엇일까요. 별의 심상은 윤동주 시 전체에 걸쳐 나타나는 보편적 상징입니다. 2017년 3월 인터넷을 통해 1,080여명을 조사한 결과 윤동주 하면 떠오르는 이미지도 '별'이었습니다. 왜 윤동주 글에는 별이 많이 나올까요.

어디로 가야 하느냐 동이 어디냐 서가 어디냐 남이 어디
냐 북이 어디냐. 아라! 저 별이 번쩍 흐른다. 별똥 떨어진 데
가 내가 갈 곳인가 보다. 하면 별똥아! 꼭 떨어져야 할 곳에
떨어져야 한다.

"아라!"라는 감탄사는 놀랐을 때 쓰는 일본어 '아라(あら)'
와 발음이 같습니다. 이 마지막 문장을 읽고 동서남북이 보이
는 벌판 이미지와 별똥 떨어지는 것이 보이는 공간을 생각하
면, 이 글 「별똥 떨어진 데」는 방학 때 만주로 돌아가 만주 평
원을 보며 쓴 글이라고 평한 글이 있습니다. 그러나 이상섭의
증언에 따르면 연희 전문에서 지금의 서강대에 이르는 공간은
넓은 벌판이었습니다.

당시 연희의 숲은 무척 우거져서 여우, 족제비 등 산짐승
이 많았고, 신촌은 초가집이 즐비한 서울(경성) 변두리 어디
서나 볼 수 있던 시골 마을이었고, 사이사이에 채마밭이 널
려 있었고, 지금의 서교동 일대에는 넓은 논이 펼쳐 있었다.
— 이상섭, 『윤동주 자세히 읽기』, 한국문화사, 2007. 124쪽

윤동주는 별뿐만 아니라, 구름, 하늘, 태양, 달 등 천상계(天上界)의 이미지를 즐겨 썼습니다.

"태양을 사랑하는 아이들아 / 별을 사랑하는 아이들아"(「눈 감고 간다」)에서 별은 태양과 함께 구원의 상징입니다. 가짜 대낮에 진정한 태양을 보고, 칠흑어둠에서 별을 보며 갈 길을 정확히 가려는 자세가 보입니다. 가짜 태양이나 가짜 별을 볼 바에야 차라리 눈 감고 가자는 표현이 당찹니다.

"가을 속에 별들을 다 헤일 듯합니다"(「별 헤는 밤」) 등 별은 그의 시에 많이 나옵니다. 별이 등장하는 그의 시들은 모두 가장 진솔하고 투명한 어휘들로 이루어진 작품입니다. 「별 헤는 밤」에서 별은 자신의 꿈을 투영하는 스크린 역할을 합니다. 꿈과 이상을 담은 상징이지요. "별똥아! 꼭 떨어져야 할 곳에 떨어져야 한다"는 말은 그의 삶을 예감케 합니다. 여기서 중요한 단어는 '떨어진다'입니다.

"떨어져야 할 곳에 떨어져야 한다"는 말은 키르케고르 이후 실존주의에서 늘 강조했던 삶입니다.

모든 인간은 자기 의사와 상관없이 이 땅에 던져진 존재입니다. 엄마 아빠에게 부탁해서 태어난 존재가 아니란 말이죠. 남이 이 땅에 던졌으니 '피투'(彼投, Geworfenheit)라고 합니다. 마치 주사위처럼 우리는 이 땅에 던져졌습니다. 아무 준비도 없이 이 땅에 던져져 태어났으니 인간은 불안할 수밖에 없습니다. 그 삶을 의미 있게 살려면 기획하며 살아야 합니다. 기획하며 자기 몸을 던지는 자세를 '기투'(企投, Entwurf)라고 합니다. 보람 있게 살아가려면 날마다 선택해야 합니다. 내 몸을 어디에 던져 기획하며 살아갈 것인지, 기투를 실현하며 살아가야 합니다. "떨어져야 할 곳에 떨어져야 한다"는 말은 내가 필요한 곳에 온몸을 던지겠다는 기투의 표현이겠죠.

니체는 그 기투를 '몰락'(沒落, Zerstörung)으로 표현했어요. 몰락해야 할 순간에 몰락하리라는 다짐, 기투해야 할 때 기투하겠다는 뜻입니다. 니체는 몰락하는 인간을 사랑한다고 썼습니다.

사람은 짐승과 위버멘쉬 사이를 잇는 밧줄, 심연 위에 걸쳐 있는 하나의 밧줄이다.

저편으로 건너가는 것도 위험하고 건너가는 과정, 뒤돌아보는 것, 벌벌 떨고 있는 것도 위험하며 멈춰 서 있는 것도 위험하다.

사람에게 위대한 것이 있다면 그것은 그가 목적이 아니라 하나의 교량이라는 것이다. 사람에게 사랑받아 마땅한 것이 있다면, 그것은 그가 하나의 과정이요, 몰락이라는 것이다.

나는 사랑하노라. 몰락하는 자로서가 아니라면 달리 살 줄을 모르는 사람들을. 그런 자들이야말로 저기 저편으로 건너가고 있는 자들이기 때문이다.

나는 위대한 경멸자들을 사랑하노라. 왜냐하면 그런 자들이야말로 위대한 숭배자요 저기 저편의 물가를 향한 동경의 화살이기 때문이다.

나는 사랑하노라. 왜 몰락해야 하며 제물이 되어야 하는지. 그 까닭은 저 멀리 별들 뒤 편에서 찾는 대신 언젠가 이 대지가 위버멘쉬의 것이 되도록 이 대지에 헌신하는 자를.

나는 사랑하노라. 사물의 이치를 터득하기 위해 살아가는 자, 언젠가는 위버멘쉬를 출현시키기 위해 사물의 이치를 터득하려는 자를. 그런 자는 이와 같이 그 자신의 몰락을 소망하고 있는 것이다.

나는 사랑하노라. 위버멘쉬가 머무를 집을 짓고, 그를 위해 대지와 짐승과 초목을 마련하는 자, 그러기 위해 수고를 아끼지 않으며 뭔가를 만들어내는 자를. 그런 자들이야말로 이와 같이 그 자신의 몰락을 바라기 때문이다.

나는 사랑하노라. 자신의 덕을 사랑하는 자를. 덕이야말로 몰락하려는 의지요 동경의 화살이기 때문이다.

(……)

나는 사랑하노라. 아낌없이 자신을 내주는 그런 영혼을 지니고 있는 자를. 누군가가 그에게 고마워하기를 바라지 않고, 되갚지도 않을 자를. 그런 자야말로 베풀기만 할 뿐, 자신을 보전하려 하지 않기 때문이다.

나는 사랑하노라. 자신을 잊을 만큼, 그리고 자신 속에 만물을 간직할 만큼 넘쳐 흐르는 영혼을 지닌 자를. 이렇게 하여 만물은 그에게 멸망의 계기가 될 것이다.

나는 사랑하노라. 자유로운 정신과 자유로운 심장을 지니고 있는 자를. 그런 자의 머리, 그것은 심장에 깃들여 있는 오장육부일 뿐이고, 그런데 그를 몰락으로 내모는 것은 심장이렷다.

나는 사랑하노라. 사람들 위에 걸쳐 있는 먹구름에서 한 방울 한 방울 떨어지는 무거운 빗방울과 같은 자 모두를. 그런 자들은 번갯불이 곧 닥칠 것임을 알리며 그것을 예고하는 자로서 파멸해가고 있으니.

보라, 나는 번갯불이 내려칠 것임을 예고하는 자요, 구름에서 떨어지는 무거운 물방울이다. 번갯불, 이름하여, 곧 위버멘쉬렷다!

— 니체, 『차라투스트라는 이렇게 말했다』, 책세상, 20~23쪽

성경에도 한 알의 밀알이 떨어져야 할 때 떨어져야 한다고 써 있습니다. 니체가 쓴 위버멘쉬(Übermensch)는 '너머의 인간'입니다. 위버멘쉬는 '뛰어넘는(Über) 인간(mensch)'을 뜻합니다. '위버'란 넘어감, 굽이쳐 흐름, 거듭 흐름, 중첩됨이라는 뜻이 있는데 모두 '힘에의 의지'와 결합되어 있습니다. 위버멘쉬

란 생성 과정에서 끊임없이 인간의 한계를 넘어가는 과정, 혹은 거듭 극복하는 '힘에의 의지'를 의미하지요. 윤동주야말로 늘 '너머'(beyond)를 꿈꾸었습니다. 그의 시에서 "또", "다시"라는 단어를 주의깊게 봐야 합니다.

니체나 윤동주에게 몰락이란 그냥 죽겠다는 말이 아닙니다. 무엇인가를 살리기 위해 자신을 몰락시키는 '살리는 몰락'입니다. 윤동주는 숭실중학교에 다닐 때 신사참배에 항의하여 자퇴합니다. 그것을 저는 '자랑스런 몰락'이라고 썼습니다(김응교, 『처럼―시로 만나는 윤동주』, 95~97쪽). 그의 죽음은 아무 의미 없는 시신으로 돌아왔지만, 영적인 의미에서 그는 '살리는 죽음'으로 우리에게 기억되고 있습니다.

이 산문 서두에서 윤동주는 처절하게 자신의 한계를 고백합니다. 한계상황에서도 오히려 현실에 뿌리를 내린 나무로 별과 하늘을 우러러 보는 향일성(向日性)으로 살아가자고 다짐합니다. 그리고 별이 떨어진 데로 가자는 '몰락의 철학'을 말합니다.

> 여자는 자리에서 일어나 옷깃을 여미고 화단에서 금잔화 한 포기를 따 가슴에 꽂고 병실 안으로 사라진다. 나는 그 여자의 건강이―아니 내 건강도 속히 회복되기를 바라며 그가 누웠던 자리에 누워본다.
>
> ― 윤동주, 「병원」, 1940.12.

그 몰락은 "그가 누웠던 자리에 누워본다"와 이어집니다. 자신이 손해 볼 수도 있지만, 함께 "영원히 슬퍼하리"(「팔복」)라는 다짐을 합니다. 니체는 "나는 사랑하노라. 아낌없이 자신을 내주는 그런 영혼을 지나고 있는 자"라고 썼지요. 몰락의 길은 함께 사는 길이기도 합니다. 별은 빛나고 아름답죠. 그렇지만 별도 죽어가는 거예요.

윤동주가 그리고 여러 번 호명했던 '별' 역시 새벽이 오면 저절로 사라지는 운명을 갖고 있습니다. 가장 빛나는 정점에서 소리 없이 사라지는 몰락과 소멸의 실존이지요. 소멸해가는 모든 것, "모든 죽어가는 것을 사랑해야지"라는 표현에는 별처럼 살고 싶어 했던 윤동주 자신도 포함됩니다. 윤동주는 몰락해가는 것, 소멸해가는 것, 죽어가는 것의 아름다움을 별에서 봅니다. 그리고 마지막 구절, "꼭 떨어져야 할 곳에 떨어져야 한다"는 꼭 떨어져야 할 희망의 자리를 열망하는 윤동주의 소원이기도 합니다.

"별을 노래하는 마음으로 / 모든 죽어가는 것을 사랑해야지 / (……) 별이 바람에 스치운다"(「서시」)에서 별은 어떤 죽어가는 존재와 겹칩니다. 별을 죽어가는 존재로 보는 상상력은 윤동주가 어린 시절부터 읽었던 성경에 나옵니다. 지혜 있는 자가 죽어 '별'로 다시 태어나는 상징으로 표현되어 있습니다.

"지혜 있는 자는 궁창의 빛과 같이 빛날 것이요 많은 사람을 옳은 데로 돌아오게 한 자는 별과 같이 영원토록 빛나리라."(다니엘 12장 3절)

만약 이 성경구절을 읽었다면, 읽고 조금이라도 영향을 받았다면, 아니 읽지 않았다 하더라도 윤동주는 지혜 있는 자로서 많은 사람을 옳은 길로 인도하는 시와 산문을 남겼지요. 깜깜한 식민지에서 견디며 살아가는 자신과 이웃에게 위로와 희망을 주고 싶은 마음이 얼마나 간절하면 이런 표현이 나올까요.

"꼭 떨어져야 할 곳에 떨어져야 한다."

세상이 얼어붙어도
봄은 온다

화원에 꽃이 핀다

「새로운 길」「봄」

딴은 얼마의 단어를 모아 이 줄문을 지적거리는 데도 내 머리는 그렇게 명석한 것이 못 됩니다. 한 해 동안을 내 두뇌로써가 아니라 몸으로써 일일이 헤아려 세포 사이마다 간직해두어서야 겨우 몇 줄의 글이 이루어집니다. 그리하여 나에게 있어 글을 쓴다는 것이 그리 즐거운 일일 수는 없습니다. 봄바람의 고민에 짜들고, 녹음의 권태에 시들고, 가을 하늘 감상에 울고, 노변(爐邊)의 사색에 졸다가 이 몇 줄의 글과 나의 화원과 함께 나의 일 년은 이루어집니다.

  ― 윤동주, 「화원에 꽃이 핀다」에서

화원에 꽃이 핀다

개나리, 진달래, 앉은뱅이, 라일락, 문들레, 찔레, 복사, 들장미, 해당화, 모란, 릴리, 창포, 튤립, 카네이션, 봉선화, 백일홍, 채송화, 다알리아, 해바라기, 코스모스— 코스모스가 홀홀히 떨어지는 날 우주의 마지막은 아닙니다. 여기에 푸른 하늘이 높아지고, 빨간 노란 단풍이 꽃에 못지않게 가지마다 물들었다가 귀또리 울음이 끊어짐과 함께 단풍의 세계가 무너지고 그 위에 하룻밤 사이에 소복이 흰 눈이 내려, 내려 쌓이고 화로에는 빨간 숯불이 피어오르고 많은 이야기와 많은 일이 이 화롯가에서 이루어집니다.

독자제현! 여러분은 이 글이 씌어지는 때를 독특한 계절로 짐작해서는 아니 됩니다. 아니, 봄, 여름, 가을, 겨울, 어느 철로나 상정하셔도 무방합니다. 사실 일 년 내내 봄일 수는 없습니다. 하나 이 화원에는 사철내 봄이 청춘들과 함께 싱싱하게 등대하여 있다고 하면 과분한 자기선전일까요. 하나의 꽃밭이 이루어지도록 손쉽게 되는 것이 아니라 고생과 노력이 있어야 하는 것입니다. 딴은 얼마의 단어를 모아 이 졸문을 지적거리는 데도 내 머리는 그렇게 명석한 것이 못 됩니다. 한 해 동안을 내 두뇌로써가 아니라 몸으로써 일일이 헤아려 세포 사이마다 간직해두어서야 겨우 몇 줄의 글이 이루어집니다. 그리하여 나에게 있어 글을 쓴다는 것이 그리 즐거운 일일 수는 없습니다. 봄바람의 고민에 짜들고, 녹음의 권태에 시들고, 가을 하늘 감상에 울고, 노변(爐邊)의 사색에 졸다가 이 몇 줄의 글과 나의 화원과 함께 나의 일 년은 이루어집니다.

시간을 먹는다는(이 말의 의의와 이 말의 묘미는 칠판 앞에 서보신 분과 칠판 밑에 앉아보신 분은 누구나 아실 것입니다) 그것은 확실히 즐거운 일임에 틀림없습니다. 하루를 휴강한다는 것보다(하긴 슬그머니 까먹어버리면 그만이지만) 다만 한 시간, 예습, 숙제를 못 해왔다든가, 따분하고 졸리고 한 때, 한 시간의 휴강은 진실로 살로 가는 것이어서, 만일 교수가 불편하여서 못 나오셨다고 하더라도 미처 우리들의 예의를 갖출 사이가 없는 것입니다.

그러나 이것을 우리들의 망발과 시간의 낭비라고 속단하셔서 아니 됩니다. 여기에 화원이 있습니다.

한 포기 푸른 풀과 한 떨기의 붉은 꽃과 함께 웃음이 있습니다. 노-트장을 적시는 것보다, 한우충동(汗牛充棟)에 묻혀 글줄과 씨름하는 것보다, 더 명확한 진리를 탐구할 수 있을런지, 보다 더 많은 지식을 획득할 수 있을런지, 보다 더 효과적인 성과가 있을지를 누가 부인하겠습니까.

나는 이 귀한 시간을 슬그머니 동무들을 떠나서 단 혼자 화원을 거닐 수 있습니다. 단 혼자 꽃들과 풀들과 이야기할 수 있다는 것이 얼마나 다행한 일이겠습니까. 참말 나는 온정으로 이들을 대할 수 있고 그들은 나를 웃음으로 나를 맞아 줍니다. 그 웃음을 눈물로 대한다는 것은 나의 감상일까요. 고독, 정적도 확실히 아름다운 것임에 틀림이 없으나, 여기에 또 서로 마음을 주는 동무가 있는 것도 다행한 일이 아닐 수 없습니다. 우리 화원 속에 모인 동무들 중에, 집에 학비를 청구하는 편지를 쓰는 날 저녁이면 생각하고 생각하던 끝 겨우 몇 줄 써보낸다는 A군, 기뻐해야 할 서류(書留)(통칭 월급봉투)를 받아든 손이 떨린다는 B군, 사랑을 위하여서는 밥맛을 잃고 잠을 잊어버린다는 C군, 사상적 당착에 자살을 기약한다는 D군……. 나는 이 여러 동무들의 갸륵한 심정을 내 것인 것처럼 이해할 수 있습니다. 서로 너그러운 마음으로 대할 수 있습니다.

나는 세계관, 인생관, 이런 좀더 큰 문제보다 바람과 구름과 햇빛과 나무와 우정, 이런 것들에 더 많이 괴로워해왔는지도 모르겠습니다. 단지 이 말이 나의 역설이나 나 자신을 흐리우는 데 지날 뿐일까요.

일반은 현대 학생 도덕이 부패했다고 말합니다. 스승을 섬길 줄을 모른다고들 합니다. 옳은 말씀들입니다. 부끄러울 따름입니다. 하나 이 결함을 괴로워하는 우리들 어깨에 지워 광야로 내쫓아버려야 하나요. 우리들의 아픈 데를 알아주는 스승, 우리들의 생채기를 어루만져주는 따뜻한 세계가 있다면 박탈된 도덕일지언정 기울여 스승을 진심으로 존경하겠습니다. 온정의 거리에서 원수를 만나면 손목을 붙잡고 목 놓아 울겠습니다.

세상은 해를 거듭, 포성에 떠들썩하건만 극히 조용한 가운데 우리들 동산에서 서로 융합할 수 있고 이해할 수 있고 종전의 ( )*가 있는 것은 시세의 역효과일까요.

봄이 가고, 여름이 가고, 가을, 코스모스가 홀홀히 떨어지는 날 우주의 마지막은 아닙니다. 단풍의 세계가 있고, -이상이견 빙지(履霜而堅氷至) - 서리를 밟거든 얼음이 굳어질 것을 각오하라 - 가 아니라 우리는 서릿발에 끼친 낙엽을 밟으면서 멀리 봄이 올 것을 믿습니다.

노변(爐邊)에서 많은 일이 이뤄질 것입니다.

- 윤동주, 「화원에 꽃이 핀다」, 1941.

* 원고에 '( )' 부분이 비어 있습니다.

...
정병욱이 윤동주와 산책했다는 1940년경 을지로 거리,
당시는 황금정(黃金町)이라 했다.

멀리 봄이 올 것을 믿습니다

읽고 어떤 느낌이 드시는지요. 이 산문을 처음 읽었을 때 뭘 말하는지 전혀 알 수 없었습니다. 앞부분을 봄 여름 가을 겨울이 바뀌는 우주 얘기로 시작하지요.

개나리, 진달래, 앉은뱅이, 라일락, 문들레, 찔레, 복사, 들장미, 해당화, 모란, 릴리, 창포, 카네이션, 봉선화, 백일홍, 채송화, 다알리아, 해바라기, 코스모스─코스모스가 홀홀이 떨어지는 날 우주의 마지막은 아닙니다. 여기에 푸른 하늘이 높아지고 빨간 노란 단풍이 꽃에 못지않게 가지마다 물들었다가 귀또리 울음이 끊어짐과 함께 단풍의 세계가 무너지고 그 위에 하룻밤 사이에 소복히 흰 눈이 내려, 내려 쌓이고 화로에는 빨간 숯불이 피어오르고 많은 이야기와 많은 일이 이 화롯가에서 이루어집니다.

앞서 읽었던 「달을 쏘다」, 「별똥 떨어진 데」와 좀 다르지요? 이 글은 "~습니다" 체로 쓴 산문입니다. 마치 편지 읽는 듯한 기분입니다.

이 글에서 "우주의 마지막"이니 "이루어집니다"라는 단어가 작은 힌트가 됩니다. "우주"라는 단어는 어딘지 윤동주에게 어울리지 않는 듯합니다. 별, 나무, 하늘 등 구체적인 단어를 많이 썼지만, 우주라는 단어는 이 산문 외에 "어두운 방은 우주로 통하고"(「또 다른 고향」, 1941.9.)에 한 번만 썼습니다. 미리 쓰자면 첫머리를 읽었을 때 동양사상이 떠올랐습니다. 그중에 동양정신의 핵심인 『주역』사상을 풀이하면서 쓴 글이라는 느낌이 들었습니다. 『주역』이란 책은 이름만 들어도 엄청 부담스럽지요.

윤동주는 『주역』을 언제 읽었을까요.

동양사상을 공부하는 과정은 거의 이십 년에 가까운 교육 프로그램입니다. 요즘 일곱 살 때 초등학교에 입학해서 이십 대 중반에 대학을 졸업하듯, 한학(漢學)을 공부하는 과정도 이십여 년 걸립니다. 이 과정 전체를 배운 흔적이 윤동주 시와 메모와 삶에 나타납니다.

윤동주는 한학(漢學)을 어떻게 배웠을까요.

윤동주는 14세부터 한학자이자 목사인 외삼촌 김약연(金躍淵, 1868~1942)에게서 한학을 배웠다고 합니다. 옛날 분들은 보통 예닐곱 살 정도에는 『사자소학(四字小學)』을 배웠지요. 김약연의 이름 '약연(躍淵)'은 『시경』의 시구인 "솔개는 날아서 하늘에 이르고, 물고기는 연못에서 뛰어오른다(鳶飛戾天, 魚躍於淵)"에서 따온 것이니 가문의 품격을 짐작케 합니다. 김약연은 그의 스승 남종구가 '맹판(孟板)'이라고 칭할 만큼 『맹자』에 정통한 한학자였습니다. 입을 벌렸다 하면 『맹자』 구절이 저절로 흘러 나왔을 겁니다.

당시 아이들은 어릴 때 『사자소학』과 『천자문』을 배웠어요. 『사자소학(四字小學)』이란 네 글자로 이루어진 명구를 말합니다. 살아가면서 꼭 알아야 할 아주 기본적인 내용입니다. 지금 학기로 초등학교 고학년이나 중학생쯤 되면 『추구(推句)』라는 책을 배워요. 『사자소학』과 달리 추구는 다섯 자씩 구성된 명구예요. 윤동주 시에는 이 책을 읽은 흔적이 있습니다. 「개」 (1936. 12월 추정)라는 짧은 시가 있지요.

눈 위에서

개가

꽃을 그리며

뛰오.

아주 짧지만 읽자마자 머리에 그림이 그려질 만큼 선명하지요. 이 시는 바로 『추구』에 나오는 "개가 달리니 매화꽃이 떨어지고, 닭이 다니니 대나무 잎이 무성하다"(狗走梅花落 鷄行竹葉成)라는 구절에서 착상한 것 같아요. 부러 패러디로 썼을까요. 읽었던 문장이 무의식에 남아 자기도 모르게 썼을까요.

지금 학제로 고등학생쯤 되면 사서(四書)를 읽습니다. 보통 15세 이후에 『대학』, 『논어』, 『맹자』, 『중용』 이렇게 네 권을 순서대로 읽습니다. 똑똑한 아이는 15세 이전에 모두 독파했다고 하지요. 길지 않은 『대학』에는 그 유명한 수신제가(修身齊家)와 격물치지(格物致知)가 나옵니다. 10장으로 구성된 얇은 책이지요. 『대학』을 읽은 다음 『논어』『맹자』『중용』 순으로 읽습니다.

윤동주 시에는 『맹자』가 많이 나옵니다.

"하늘을 우러러 한 점 부끄럼 없기를"이라는 「서시」의 구절은 "하늘에 우러러 부끄럼이 없기를"(仰不愧於天)이라는 『맹자』에 나오는 구절을 그대로 번역한 시구입니다. 요즘 같아서는 표절 아닌가 싶지만, 유협이 쓴 문학이론서 『문심조룡』 같은 책은 아름다운 명구를 작품에 녹여 쓰는 것을 좋은 작법으로 평가했습니다.

연세대 중앙도서관 4층 윤동주 자료실에 가면, 유품 중에 윤동주가 보던 『예술학(藝術學)』이라는 두꺼운 책이 있어요. 이 책 표지 오른쪽 하단에 『맹자』 「이루(離婁)」장의 구절이 윤동주

친필로 써 있어요. 어떤 잘못이 있을 때는 모두 내 자신을 돌아보라는 '반구저기(反求諸己)'로 유명한 구절이죠. "잎새에 이는 바람에도 / 나는 괴로워했다"는 구절이야말로 반구저기라는 명구와 통합니다.

빠르면 십 대 후반이나 이십 대 초반에 삼경(三經)을 읽어요. 『시경』, 『서경』, 『주역』을 말하지요. 물론 이외에도 다양한 책을 읽습니다.

→ 읽는 순서입니다.

사서(四書)

대학→논어→맹자→중용

- 3강령 8조목으로 수양의 지침서 『대학』
- 인간관계에 대한 공자의 핵심사상인 『논어』
- 성선설과 왕도정치, 정치적 혁명론을 담은 『맹자』
- 유교의 철학개론서 『중용』

삼경(三經)

시경→서경→주역(역경)

- 중국고대 생활상을 담은 시 『시경』
- 중국 최고의 정치서 『서경』
- 인간우주만물의 법칙 『주역』

늘 말이 없는 편이지만 흰칠하니 큰 키와 미남형이면서 다정해 보이는 그의 용모와 인품은 주위에 늘 친구를 모았다. 방학이면 외지에서 돌아온 같은 또래의 유학생들이 우리 집에 모여서 화제의 꽃을 피웠고, 친척 여학생들이 글을 배운다는 구실로 그 주위에 모이곤 하였다. 방학이면 대개 틈을 내어 외삼촌에게서 한문을 배웠는데, 『시전(詩傳)』을 끼고 다니던 어느 방학 때의 일과 연희전문 3·4학년 때에 불어를 독습하던 일이 기억된다.

— 윤일주, 「윤동주의 생애」, 『나라사랑』 제23집, 1986. 158쪽

외삼촌이란 유학에 정통했던 김약연 목사를 말합니다. 연희전문학교 3학년이던 1940년 여름방학에 윤동주가 용정으로 가서 외삼촌 김약연에게 『시전(詩傳)』을 배웠다는 증언입니다. 『시전(詩傳)』은 주희(朱熹)가 『시경』에 대해 주를 붙인 『시경집전(詩經集傳)』일 겁니다. 이 책을 읽는다는 말은 『맹자』 등 사서를 다 읽고, 『주역』 등 삼경을 읽기 시작했거나 다 읽었다는 말입니다.

『주역』을 점치는 점술 책으로 생각하면 큰 오해입니다. 점술에 앞서 『주역』은 만물의 이치를 수천 년간 풀어본 연구서이고, 여러 경우수를 분석한 통계학입니다. 산문 「화원에 꽃이 핀다」의 글머리는 우주 만물이 어떻게 변화하고 이루어지는지

음양의 변화 원리로 풀이한 『주역』 사상이기도 합니다. 시작을 『주역』 사상으로 시작한 이 글 말미 역시 윤동주는 『주역』 한 구절을 인용하며 마무리합니다. 윤동주가 마지막 문장에 쓴 "이상이견빙지(履霜而堅氷至)"는 무슨 뜻일까요.

아름다운 상화도 좋고

이양하 교수 사진 (출처: 연세대 홍보팀)

「달을 쏘다」에 보면, "나는 깊은 사념(思念)에 잠기우기 한창이다. 딴은 사랑스런 아가씨를 사유(私有)할 수 있는 아름다운 상화(想華, 수필을 뜻함)도 좋고"라는 구절이 나옵니다. 윤동주는 시뿐만 아니라 분명 에세이도 좋아했습니다. 인용한 첫 문장을 읽으면 윤동주가 좋아했던 이양하 교수의 산문 「신록예찬」과 비슷한 표현들이 나옵니다. 「신록예찬」은 1935년 9월 1일 연희전문학교의 학생신문인 《연전타임즈》의 창간호에 처음 실렸다가, 1937년 《조선일보》에 실리고, 이후 1947년 출간된 『이양하 수필집』에 수록됩니다.

　봄, 여름, 가을, 겨울 두루 사시(四時)를 두고 자연이 우리에게 내리는 혜택에는 제한이 없다. 그러나 그 중에도 그 혜택을 풍성히 아낌없이 내리는 시절은 봄과 여름이요, 그 중에도 그 혜택을 가장 아름답게 나타내는 것은 봄, 봄 가운데도 만산(萬山)에 녹엽(綠葉)이 싹트는 이 때일 것이다.

　눈을 들어 하늘을 우러러보고 먼 산을 바라보라. 어린애의 웃음같이 깨끗하고 명랑한 5월의 하늘, 나날이 푸르러 가는 이 산 저 산, 나날이 새로운 경이를 가져오는 이 언덕 저 언덕, 그리고 하늘을 달리고 녹음을 스쳐 오는 맑고 향기로운 바람—우리가 비록 빈한하여 가진 것이 없다 할지라도, 우리는 이러한 때 모든 것을 가진 듯하고, 우리의 마음이 비록 가난하여 바라는 바, 기대하는 바가 없다 할지라도, 하늘을 달리어 녹음을 스쳐 오는 바람은 다음 순간에라도 곧 모든 것을 가져올 듯하지 아니한가?

　오늘도 하늘은 더할 나위 없이 맑고, 우리 연전(延專) 일대를 덮은 신록은 어제보다도 한층 더 깨끗하고 신선하고 생기 있는 듯하다. 나는 오늘도 나의 문법 시간이 끝나자, 큰 무거운 짐이나 벗어 놓은 듯이 옷을 훨훨 떨며, 본관 서쪽 숲 사이에 있는 나의 자리를 찾아 올라간다.

서두에 열거법으로 사계절의 순환을 표현한 것이 윤동주 글과 유사하지요. 『주역』에서 말하는 세상이 자연스럽게 음양으로 변하는 원리이기도 합니다.

"우리 연전(延專) 일대를 덮은 신록은 어제보다도 한층 더 깨끗하고 신선하고 생기 있는 듯하다"는 문장을 볼 때, 이 글은 연희전문 캠퍼스를 배경으로 삼은 글이 분명합니다. "나는 오늘도 나의 문법 시간이 끝나자, 큰 무거운 짐이나 벗어 놓은 듯이 옷을 훨훨 떨며"라는 표현에 나오는 문법시간을 윤동주도 들었을지 모릅니다.

"본관 서쪽 숲 사이에 있는 나의 자리를 찾아 올라간다"에서 '본관 서쪽 숲'은 지금 연세대 신촌캠퍼스 뒤쪽에 있는 청송대가 있는 공간입니다.

「화원에 꽃이 핀다」는 이양하 교수가 1937년에 발표한 「신록예찬」의 영향을 받아 쓴 글일까요, 화답일까요.

1938년에 입학한 윤동주는 이양하 교수에게 영문학을 배웠고, 졸업 직전인 1941년 육필시집 『하늘과 바람과 별과 시』의 출판을 맨 먼저 이양하 교수와 상의합니다.

출간하려던 19편의 시를 세 권 필사하여 스승 이양하 교수와 누상동 하숙집에서 함께 하숙했던 1년 후배 정병욱에게 한 권씩 증정했습니다.

시집 제목을 『병원』으로 했다가 이양하 교수의 염려로 『하늘과 바람과 별과 시』로 바꿉니다. 필사본 『하늘과 바람과 별과 시』를 보면 「십자가」「슬픈 족속」「또 다른 고향」의 제목 위에 ×표가 쳐져 있는데 이런 일과 관계 있을 수도 있습니다.

제자의 앞날을 염려하는 스승의 만류로 뜻을 접고 돌아와 「간(肝)」(1941.11.29.)을 썼습니다. 동양의 '구토설화'와 서양의 '프로메테우스 신화'를 연결시켜, 불을 훔쳐다 인간에게 준 프로메테우스처럼 자신을 민족과 인류의 제단 앞에 바치고자 하는 희생의식과 그 좌절을 표현한 작품입니다. 태평양전쟁 발발로 인한 전시학제 단축으로 3개월 앞당겨 윤동주는 1941년 12월 27일에 졸업했습니다.

몇 줄의 글과 나의 화원과 함께 일 년은 이루어집니다

윤동주는 어떤 자세로 글을 썼을까요. "독자제현, 여러분"이라는 호명은 윤동주 글에서 이 글이 유일합니다.

독자제현! 여러분은 이 글이 씌어지는 때를 독특한 계절로 짐작해서는 아니 됩니다. 아니, 봄, 여름, 가을, 겨울, 어느 철로나 상정하셔도 무방합니다. 사실 일 년 내내 봄일 수는 없습니다. 하나 이 화원에는 사철내 봄이 청춘들과 함께 싱싱하게 등대하여 있다고 하면 과분한 자기선전일까요. 하나의 꽃밭이 이루어지도록 손쉽게 되는 것이 아니라 고생과 노력이 있어야 하는 것입니다. 딴은 얼마의 단어를 모아 이 졸문을 지적거리는 데도 내 머리는 그렇게 명석한 것이 못 됩니다. 한 해 동안을 내 두뇌로써가 아니라 몸으로써 일일이 헤아려 세포 사이마다 간직해두어서야 겨우 몇 줄의 글이 이루어집니다. 그리하여 나에게 있어 글을 쓴다는 것이 그리 즐거운 일일 수는 없습니다. 봄바람의 고민에 짜들고, 녹음의 권태에 시들고, 가을 하늘 감상에 울고, 노변(爐邊)의 사색에 졸다가 이 몇 줄의 글과 나의 화원과 함께 나의 일 년은 이루어집니다.

독자를 글에 직접 끌어들이고 있습니다. 인용문에는 글 쓸 때 두 가지 기본자세가 나옵니다. 첫째는 온몸으로 쓰는 자세, 둘째는 1년 이상 고치고 다시 보며 완성시켜야 한다는 자세입니다.

첫째, 윤동주는 두뇌가 아니라 '몸으로 써야 한다'고 했습니다. 작가에게 언어는 호흡이며 생명입니다. 글을 쓰려면 두뇌로 상상하기 전에, 몸으로 세포 끝까지 대상과 일치시키려는 습관이 필요합니다. 곧 비교하겠지만, 김수영 시인이 '온몸으로 글쓰기'를 말했던 것을 떠올리게 합니다.

나무에 대해 글을 쓰려면 그냥 겉을 관찰하고 쓰기 전에 먼저 '내 몸이 나무'라고 생각해야, 나무의 말에 귀기울여 쓸 수 있습니다. 강물에 대해 글을 쓰려면 스스로 자기 몸이 강물로 흐른다고 일치시켜야, 강물의 말을 받아 쓸 수 있겠지요.

글을 쓰려면 "피로 쓰라"라고 했던 니체, "온몸으로" 시를 쓴다던 김수영, 자기가 쓴 글이 '심비(心碑)에 새겨진 편지'(고린도후서 3장)가 되기를 열망했던 바울은 모두 글을 자기 몸으로 여겼던 문사(文士)였습니다. 진정한 문사들에게는 '글=몸'입니다.

프리드리히 니체(Friedrich Nietzsche, 1844~1900)의 텍스트는 독백체 문장입니다.

일체의 글 가운데서 나는 피로 쓴 것만을 사랑한다. 글을 쓰려면 피로 써라. 그러면 너는 피가 곧 넋임을 알게 될 것이다.

다른 사람의 피를 이해한다는 것은 쉬운 일이 아니다. 그래서 나는 게으름을 피워가며 책을 뒤적거리는 자들을 미워한다.

독자를 아는 자는 독자를 위해 더 이상 아무 일도 하지 않는다. 이런 독자들의 시대가 한 세기 더 지속되기라도 한다면 넋조차도 악취를 풍기게 되리라.

너 나 할 것 없이 모두가 배워 읽을 수 있게 되면 시간이 흐르면서 쓰는 것은 물론 생각까지 부패하기 마련이다.

한때는 넋이 신이었다. 그러다가 그것이 사람이 되더니 지금은 심지어 천민이 되고 말았다.

피의 잠언으로 글을 쓰는 사람은 그저 읽히기를 바라지 않고 암송되기를 바란다.

— 니체, 「읽기와 쓰기에 대하여」, 『차라투스트라는 이렇게 말했다』,
책세상, 2000. 63쪽

"나는 피로 쓴 것만을 사랑한다"는 말을 잉크 대신 피로 썼다고 오해하시지는 않겠지요. 여기서 피는 정신과 몸이 합한 '온몸'일 겁니다. 사실 루 살로메에게 실연당한 니체는 여러 병을 앓고 있었습니다. 니체는 아픈 몸에서 피를 짜내듯 글을 썼습니다.

생애를 걸고, 명예를 걸고, 목숨을 걸고, 심장과 뇌를 거쳐 쓰는 글이 피로 쓰는 글이 아닐까요. 니체는 온몸으로 글 쓰고 책을 읽는 사람을 게으름뱅이와 대조시킵니다. 우리말로 게으름뱅이라고 써 있는 부분은 원어로 'die lesenden Müßiggänger'입니다. 이 단어는 책을 안 읽는 게으름뱅이가 아니라 "(자기 임무를 방기하고) 한적하게 글 읽는 자들"로 옮겨야 하겠죠. 작가이고 학자인데 온몸으로 읽거나 쓰지 않는 이를 지적하는 의미지요.

"독자를 아는 자는 독자를 위해 더 이상 아무 일도 하지 않는다"는 말은 독자가 좋아하는 대중성에 맞춰서 글 쓰는 사람은 베스트셀러 작가가 될지 모르나, "독자를 위하여 아무것도 할 수 없"고 몇 달 지나 쓰레기통으로 갈 것이니 악취만 풍길 뿐이라는 말이지요. 니체는 "피"로 쓰려면, 높은 산봉우리의 맑고, 찬 공기를 온몸에 채워 써야 한다고 했습니다.

자신을 강렬하게 연소시키며 목숨 걸고 글을 쓰라는 뜻이겠지요. '피로 쓴 독립선언문' 같은 의미가 아닐까요. 가령 김구의 『백범일지』는 언제 죽을지 모르는 망명지에서 말 그대로 피로 쓴 유언장이었을 겁니다. 외로이 무의식을 쓰는 일은 피를 짜서 쓰듯 고통스런 일이었을 것입니다. 김수영의 글쓰기도 비슷합니다.

시작은 '머리'로 하는 것이 아니고, '심장'으로 하는 것도 아니고, '몸'으로 하는 것이다. '온몸'으로 밀고 나가는 것이다. 정확하게 말하자면, 온몸으로 동시에 밀고 나가는 것이다. 그것은 그림자를 의식하지 않는다. 그림자에조차도 의지하지 않는다. 시의 형식은 내용에 의지하지 않고 그 내용은 형식에 의지하지 않는다. 시는 그림자에조차도 의지하지 않는다. 시는 문화를 염두에 두지 않고, 민족을 염두에 두지 않고, 인류를 염두에 두지 않는다. 그러면서도 그것은 문화와 민족과 인류에 공헌하고 평화에 공헌한다. 바로 그처럼 형식은 내용이 되고 내용은 형식이 된다. 시는 온몸으로, 바로 온몸을 밀고 나가는 것이다.

— 김수영, 「시여, 침을 뱉어라—힘으로서의 시의 존재」, 1968.4.

김수영도 '온몸 글쓰기'를 강조합니다. 글쓰기는 영혼이라는 관념에서만 나오는 것이 아니라, 온몸과 피라는 '신체'에서 나옵니다. 그 사실을 "시는 온몸으로, 바로 온몸을 밀고 나가는 것이다"라는 강한 말투로 강조하고 있습니다.

니체를 먼저 읽었거나, 반대로 김수영을 먼저 읽었던 사람이 두 가지를 모두 읽었을 때, 문득 비슷한 생각을 발견할 때가 있을 겁니다. 윤동주에게서도 글쓰기는 쉽지 않은 일이었습니다. 한 해 동안을 두뇌가 아니라 몸으로 헤아려 가까스로 글 몇 줄을 얻었던 윤동주에게 글쓰기는 목숨이었습니다.

딴은 얼마의 단어를 모아 이 졸문을 지적거리는 데도 내 머리는 그렇게 명석한 것이 못 됩니다. 한 해 동안을 내 두뇌로써가 아니라 몸으로써 일일이 헤아려 세포 사이마다 간직해두어서야 겨우 몇 줄의 글이 이루어집니다.

니체와 윤동주와 김수영의 글은 어딘가 비슷하지 않은지요. 표절하거나 패러디한 문장도 아니지만, 동일한 운동력이 느껴집니다. 마치 한 사람이 다른 문장을 쓴 듯한 느낌 말입니다. 왜 한 사람이 쓴 문장처럼 느껴질까요.

최근 '정동이론'(affection theory)에서는 글쓰기의 육신적 활동을 강조하고 있습니다.

> 글쓰기는 육신적(corporeal) 활동이다. 우리는 온몸을 훑어(through) 아이디어를 만들어낸다. 즉, 우리 몸을 훑어 쓰면서 우리 독자들의 몸에 닿기를 바란다. 우리는 하나의 추상으로서가 아니라 다른 몸들에 근접한 실제적인 몸들을 구성하면서 연구하고 글을 쓴다.
>
> — 엘스페스 프로빈 저, 멜리사 그레그·그레고리 시그워스 편,
> 「수치의 쓰기」, 『정동이론』, 갈무리, 2015. 135쪽

니체는 피를, 윤동주는 세포를, 김수영은 온몸을 강조했습니다. 세 문장 모두 글쓰기가 영혼이라는 관념에서 나오는 것이 아니라 '신체'를 통과해서 나오는 '육신적 활동'임을 강조하고 있습니다.

둘째, 이 글에서 윤동주는 일 년을 지나야 가까스로 한 문장을 얻었다고 합니다. 위 인용문에서 밑줄 친 부분을 읽으면 사계절이 나옵니다.

봄에는 "봄바람의 고민에 짜들"었다고 합니다. "짜들다"는

'물건이나 공기 따위에 때나 기름이 들러붙어 더러워지다'라
는 뜻입니다. 혹은 '좋지 못한 상황에 오랫동안 처하여 그 상황
에 익숙해지다'라는 뜻이지요. '병고에 짜들다', '오랜 세월 온
갖 풍파에 짜든 그녀는 실제 나이보다 훨씬 더 늙어 보였다'라
고 씁니다. "찌들다"와 비슷하게 쓸 수 있습니다. 여름에는
"녹음의 권태에 시들고", 가을에는 "가을 하늘 감상에 울고",
겨울에는 화롯가인 "노변(爐邊)의 사색에 졸다가", 4계절을 모
두 경험하고 난 뒤에야 "몇 줄의 글과 나의 화원과 함께 나의
1년은 이루어집니다"라고 합니다. 글과 꽃밭이 모두 1년을 경
험하는 겁니다. 결국 글이란, 봄 여름 가을 겨울이라는 우주의
순환과 일치하여 탄생한다는 말입니다.

앞서 산문 「달을 쏘다」를 설명하며 썼듯이(이 책 123~127쪽),
그는 1938년 1학년 1학기 기말숙제로 쓴 「달을 쏘다」를 1938년
10월에 《조선일보》에 투고하고, 1940년 1월에 이 산문은 《조선
일보》학생란에 실립니다. 이후 「달을 쏘다」에 숨어 있는 이미
지를 변용하여 1940년 9월 시 「자화상」을 완성합니다. 결국 시
한 편을 완성하기까지 1년이 걸린 겁니다.

윤동주는 모국어를 빼앗겼기에 더욱 간절했을 겁니다. 모국
어를 빼앗긴 것은 숨을 빼앗긴 겁니다. 연희전문에 입학하던
해, 1938년 3월에 조선어 사용금지와 교육금지령이 내려졌건
만 금지된 조선어 수업을 열었던 외솔 최현배 교수는 그해 9

월, 3개월간 투옥되고 강제 퇴직 당합니다. 윤동주가 동생들에게 자랑하던, 존경하는 선생님이었습니다. 그가 침묵하기 전 1939년 7월 8일에는 국민징용령이 내려졌습니다. 언제든 전선으로 끌려가야 하는 신세였습니다. 그 충격 때문이었을까요. 그해 9월 「자화상」을 쓴 이후 1년 2, 3개월 동안 그는 글을 쓸 수 없었습니다. 1939년 11월 10일부터는 창씨개명령으로 성씨마저 바꿔야 할 지경이었습니다.

윤동주의 공부법, 한우충동을 넘어서

명동소학교에 입학한 이후 윤동주는 평생 학생이었습니다. 그의 삶은 '학생'으로서 평생 공부하는 수련생활이었습니다. 자신이 배워야 할 시적 아버지(poetic-Father)들을 읽고 또 읽었습니다.

그는 마지막으로 19편을 가려 뽑아 시집을 만들었습니다. 그가 선정했던 잣대는 매우 높았어요. 이제 19편을 고르는 과정에서 그가 책을 어떻게 읽었는지, 어떻게 공부했는지 살펴보려고 합니다. 다음 단락에서 연희전문 수업을 대하는 단독자로서 윤동주의 자세가 나타납니다.

시간을 먹는다는(이 말의 의의와 이 말의 묘미는 칠판 앞에 서보신 분과 칠판 밑에 앉아보신 분은 누구나 아실 것입니다) 그것은 확실히 즐거운 일임에 틀림없습니다. 하루를 휴강한다는 것보다(하긴 슬그머니 까먹어버리면 그만이지만) 다만 한 시간, 예습, 숙제를 못 해왔다든가, 따분하고 졸리고 한 때, 한 시간의 휴강은 진실로 살로 가는 것이어서, 만일 교수가 불편하여서 못 나오셨다고 하더라도 미처 우리들의 예의를 갖출 사이가 없는 것입니다.

그러나 이것을 우리들의 망발과 시간의 낭비라고 속단하셔서 아니 됩니다. 여기에 화원이 있습니다.

한 포기 푸른 풀과 한 떨기의 붉은 꽃과 함께 웃음이 있습니다. 노―트장을 적시는 것보다, 한우충동(汗牛充棟)에 묻혀 글줄과 씨름하는 것보다, 더 명확한 진리를 탐구할 수 있을런지, 보다 더 많은 지식을 획득할 수 있을런지, 보다 더 효과적인 성과가 있을지를 누가 부인하겠습니까.

"시간을 먹는다"는 표현은 한국인이 쓰는 독특한 어법입니다. 새해가 되면 떡국을 먹으며 "한 살 더 먹는다"고 합니다. 어리게 보이면 "나이를 거꾸로 먹었다"고도 합니다. 이 말은 시간을 나와 다른 흐름으로 보는 태도가 아니라, 시간이 떡국처럼 내 몸으로 들어온다는 상상입니다. '한 살 먹었다'는 영어로 "You've aged a year"인데, 직역하면 "너는 한 살 더 늙었다"

가 됩니다. 시간을 내 몸과 전혀 다른 흐름으로 보는 태도입니다. "소중한 시간을 잡아먹었다"는 말도 쓰지요. 내 몸처럼 소중한 시간을 헛되게 보냈다는 뜻이겠죠. 윤동주는 "시간을 먹는다" 곧 시간을 어떻게 보내는가를 묻습니다. 과연 시간을 어떻게 보내면 의미 있는가를 묻습니다.

윤동주는 대학에서 교수가 휴강하는 경우를 예로 듭니다.

제대로 잠도 못 자고 학교에 왔는데, 갑자기 휴강이라는 소식이 전해지면, 아주 성실한 학생 몇몇을 제외하고는 대부분 반가워합니다. 그만치 수업이나 밀린 숙제에 대한 부담이 크기 때문이겠습니다. 위 인용문에서 아래 구절은 무척 재미있습니다.

"한 시간의 휴강은 진실로 살로 가는 것이어서, 만일 교수가 불편하여서 못 나오셨다고 하더라도 미처 우리들의 예의를 갖출 사이가 없는 것입니다."

이 문장을 보면 재밌는 풍경이 떠오릅니다.

'이번 시간은 교수님 사정으로 휴강한다'는 소식이 전해지자마자, 학생들이 반가워 환호성을 지릅니다. 다만 그 환호성은 교수님에게 실례일 수도 있습니다. 마치 교수가 안 오는 것이 반갑다는 표식일 수도 있으니까요. "우리들의 예의를 갖출 사이가 없"다는 말은 너무 현실에 쪼달려 예의를 갖출 틈도 없다는 말이겠죠. 그때나 지금이나 대학생들은 너무도 바빴던 것 같아요.

이 문장에 윤동주가 생각하는 확실한 공부법이 나옵니다. 마지막 문장을 보세요. "여기에 화원이 있습니다"라며 화원에서 그는 말합니다. 교실이나 책 감옥에 갇혀 있기보다, 화원에 있는 것이 "보다 더 많은 지식을 획득할 수 있을는지, 보다 더 효과적인 성과가 있을지를 누가 부인하겠습니까"라고 그는 반문합니다.

이어서 "한우충동"이라는 말이 나오는데, 무슨 뜻일까요.

요즘 책을 높이 쌓아 올리는 책방이 유행인 모양입니다. 최근 강연하러 갔던 두 곳 모두 책이 천장까지 높이 쌓여 있는 공간이었습니다. 멀게만 느껴지는 도서관과 달리 사람들을 끌려는 시도로 책탑을 여러 곳에서 세울 조짐이 보입니다.

책이 많다고 할 때, '한우충동(汗牛充棟)'이라고 합니다. 한글로 '한우충동'이라고 하면 '쇠고기 먹고 싶은 충동'으로 들리지만, 한자로 쓰면 전혀 다른 뜻입니다. 먼저 핵심 구절을 살펴보겠습니다.

기 위 서 처 즉 충 동 우   출 즉 한 우 마
其爲書 處則充棟宇˙出則汗牛馬

그들이 지은 책은 집에 두면 마룻대와 추녀 끝을 가득 채우고, 밖으로 옮기려면 소와 말이 땀을 흘릴 정도다.

˙棟宇(동우): 집의 마룻대와 추녀 끝

혹 합 이 은 혹 괴 이 현
或合而隱 或乖而顯

어떤 책은 공자의 뜻에 맞지만 숨겨지고, 어떤 책은 공자의 뜻에 어긋나지만 드러났다.

대체 어떤 상황에서 이런 문장이 나왔을까요. 위 문장이 들어간 전체 문장은 당나라의 문장가 유종원(柳宗元, 773~819)이 쓴 『육문통선생묘표(陸文通先生墓表)』에 나오는 말입니다.

공자께서 『춘추(春秋)』를 지은 지 1,500년이 되었고, 『춘추전(春秋傳)』을 지은 사람이 다섯 사람인데, 지금 그중 세 개의 전이 쓰인다. 죽간을 잡고 노심초사하며 주석을 단 학자들이 1,000명에 달한다. 그들은 성품이 뒤틀리고 굽은 사람들로, 말로써 서로 공격하고 숨은 일을 들추어내는 자들이었다. 그들이 함부로 지은 책을 집에 두면 마룻대까지 가득 차고, 밖으로 옮기고자 하면 소와 말이 땀을 흘릴 정도다. 공자의 뜻에 맞는 책이 숨겨지고, 혹은 어긋나는 책이 세상에 드러나기도 했다. (孔子作春秋, 千五百年, 以名爲傳者五家, 今用其三焉. 秉觚牘, 焦思慮, 以爲論註疏說者百千人矣. 攻訐狠怒, 以詞氣相擊排冒沒者, 其爲書, 處則充棟宇, 出則汗牛馬. 或合而隱, 或乖而顯.)

이 글에 나오는 '충동우(充棟宇)'와 '한우마(汗牛馬)'를 합하여

'한우충동(汗牛充棟)'으로 씁니다. '한우충동'이란 책이 많아서 마룻대[棟]까지 닿고 책을 수레에 실어 옮기려 하면 소가 땀[汗]을 흘릴 정도라는 뜻이지요. 물 수(水)에 눈물 흘릴 간(干)을 합친 한(汗)은 몸에서 물이 흘러내리는 것으로 '땀'이라는 뜻입니다. 여기에 나오는 '한우충동'의 유래를 보면 반드시 좋은 의미는 아닙니다. 쓸모없는 책이 많다는 뜻이지요. 공자의 『춘추』를 해석한 좌씨, 공양, 곡량, 추씨, 협씨라는 5가(家)는 서로 싸우며 본뜻과 어긋나는 책을 '산더미처럼 냈다'며 유종원은 비판하고 있습니다.

물론 농부에게 농사 지을 땅이 없으면 농사를 지을 수 없듯이, 글 쓰는 이에게는 책이 탄약이고 농토일 겁니다. 그러나 제대로 글을 읽고 쓰지 않는다면, 아무리 많이 갖고 있다 한들 무슨 의미가 있을까요. 유종원이 지적했던 '한우충동'의 의미는 지금도 반성하도록 자극합니다.

'한우충동'은 그렇게 많은 책을 냈고 갖고 있지만 쓸모없다는 비판이 숨어 있습니다. 서가에 책이 많은 것은 자랑할 바가 아닙니다. 책을 많이 읽은 것을 자랑하기보다는 어떻게 사는가가 문제이겠죠. 나 자신이 한 권으로 읽을 만한 책으로 살아가는 것이 가장 중요할 겁니다.

우리들의 생채기를 어루만져주는 따뜻한 세계가 있다면

스승이란 무엇일까요. 마치 대나무가 한 마디씩 쑥쑥 자라듯이, 참된 멘토를 만나면 한 치씩 자라는 것이 아닌지요. 자신을 성장시켜 줄 스승을 만난 존재는 아름다운 꽃을 피울 축복 받은 존재겠지요. 윤동주는 성장하면서 때마다 적당한 스승을 만납니다. 아잇적에는 외삼촌인 김약연에게 사서삼경을 배우고, 은진중학교 때는 정지용과 백석 시집을 읽으며 두 시인을 멘토로 삼습니다. 연희전문에 다닐 때는 최현배 교수를 멘토로 삼지요.

아래 인용문에서는 스승에 대한 윤동주의 언급이 나옵니다. 수업이 휴강되고 짬이 난 윤동주는 이제 슬그머니 화원으로 나갑니다.

나는 이 귀한 시간을 슬그머니 동무들을 떠나서 단 혼자 화원을 거닐 수 있습니다. 단 혼자 꽃들과 풀들과 이야기할 수 있다는 것이 얼마나 다행한 일이겠습니까. 참말 나는 온 정으로 이들을 대할 수 있고 그들은 나를 웃음으로 나를 맞아 줍니다. 그 웃음을 눈물로 대한다는 것은 나의 감상일까요. 고독, 정적도 확실히 아름다운 것임에 틀림이 없으나, 여기에 또 서로 마음을 주는 동무가 있는 것도 다행한 일이 아

1941년 졸업앨범에 수록된 사진

...

솔숲에서 이야기꽃을 피우는 윤동주(오른쪽에서 두 번째)
이 사진에서 누가 A군이고, B군이고, C군이고, D군일까.

닐 수 없습니다. 우리 화원 속에 모인 동무들 중에, 집에 학비를 청구하는 편지를 쓰는 날 저녁이면 생각하고 생각하던 끝 겨우 몇 줄 써보낸다는 A군, 기뻐해야 할 서류(書留)(통칭 월급봉투)를 받아든 손이 떨린다는 B군, 사랑을 위하여서는 밥맛을 잃고 잠을 잊어버린다는 C군, 사상적 당착에 자살을 기약한다는 D군……. 나는 이 여러 동무들의 갸륵한 심정을 내 것인 것처럼 이해할 수 있습니다. 서로 너그러운 마음으로 대할 수 있습니다.

나는 세계관, 인생관, 이런 좀더 큰 문제보다 바람과 구름과 햇빛과 나무와 우정, 이런 것들에 더 많이 괴로워해왔는지도 모르겠습니다. 단지 이 말이 나의 역설이나 나 자신을 흐리우는 데 지날 뿐일까요.

일반은 현대 학생 도덕이 부패했다고 말합니다. 스승을 섬길 줄을 모른다고들 합니다. 옳은 말씀들입니다. 부끄러울 따름입니다. 하나 이 결함을 괴로워하는 우리들 어깨에 지워 광야로 내쫓아버려야 하나요. 우리들의 아픈 데를 알아주는 스승, 우리들의 생채기를 어루만져주는 따뜻한 세계가 있다면 박탈된 도덕일지언정 기울여 스승을 진심으로 존경하겠습니다. 온정의 거리에서 원수를 만나면 손목을 붙잡고 목놓아 울겠습니다.

나이테가 계절에 따라 성장하듯이, 겨울을 넘어서려 할 때 꼭 필요한 영양분을 제공해주는 친구와 스승을 만나야 지혜와 덕의 총량은 커집니다. 윤동주는 A군, B군, C군, D군으로 칭하며 귀한 벗들을 소개합니다. "나는 이 여러 동무들의 갸륵한 심정을 내 것인 것처럼 이해할 수 있습니다. 서로 너그러운 마음으로 대할 수 있습니다"라고 자긍합니다. 윤동주에게는 정말 자랑할 만한 친구들이 많았습니다. 그가 알파벳으로 표기했던 친구들을 유영(이후 연세대 영문과 교수)은 실명으로 씁니다.

누구도 어찌 못할 굳고 강한 것이었다. 문학에 지닌 뜻과 포부를 밖으로 내비치지 않으면서 안으로 차근차근 붓을 드는 버릇이 있었다. 그래서 말에서는 따르지 못하지만 쓰는 글에서는 몽규보다 훨씬 양적으로도 많이 나오는 것이다. 들어오기 전에 이미 간도에서 소년지에 동요를 발표했었다. 당시 친구들로는 동요·동화 등으로 많이 활약을 하던 엄달호가 있었고, 또 판소리에 먼저 손을 댄 김삼불, 늘 밖으로만 나돌던 풍류객 김문응, 영어에 도사라고 할 한혁동, 강처중이 있고, 오늘의 한글의 석학인 허웅, 현 한양대 영문학 교수 이순복 등 그 밖에 지금 보아도 지도적인 인물들이 많이 자리를 함께 하여 강의를 듣고 공부하였다. 지금 연세 과학관 자리가 논이었고, 그 위에 잔디가 있었는데 우리들은 틈만 있으면 거기 모여 앉아서 잡담과 논쟁으로 낭만의 꽃을 피웠다. 이런 때에 동주·몽규·엄·김 등의 의견이 많이 나왔고 또 남모르게 서로 울분을 터뜨리며 시간을 보냈다. 동주는 말이 없다가도 이따금 한 마디씩 하면 뜻밖의 소리로 좌중을 놀라게 했다.

— 유영, 「연희전문 시절의 윤동주」, 1976.

이토록 귀한 벗들을 만나고, 존경할 만한 스승도 만났습니다. 최현배 교수에게 조선어를, 정인섭 교수에게 문학개론을, 손진태 교수에게 조선역사를, 이양하 교수에게 영시(英詩)를 배웠습니다.

특히 최현배 교수와의 인연은 입학과 수업 그리고 시집 출판으로 이어집니다. 영화 〈말모이〉(2019.)를 보면 최현배 선생님이 어떤 일에 참여하셨는지 상상할 수 있습니다. 윤동주가 연희전문을 좋아했던 까닭은 백양나무 오솔길 이전에 실력 있는 선생님들이 있었기 때문이었습니다. 아우 윤일주는 윤동주가 방학 때 고향에 돌아오면 최현배 선생과 이양하 선생 얘기를 많이 했다고 합니다.

특히 윤동주의 서가에서 "가장 무게 있는 책으로서 좋은 자리에 꽂혀 있는 책은 최현배 선생의 『우리말본』이었습니다. 그 책이 언제부터 그 서가에 꽂혀 있었는지 확실치 않으나 동주

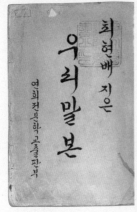

최현배가 쓴『우리말본』

...

윤동주는 이 책을 소중히 여겨 책상 위 가장 잘 보이는 곳에 놓고 애독하며,
우리말의 성음과 구조를 익혔다고 한다. 윤동주의 우리말에 대한 이해와
지식을 상당한 정도로 외솔 선생의 영향에 기초를 두고 있음을 알 수 있다.

'한글이 목숨'이라고 적힌 최현배 교수의 친필 원고

...

윤동주는 성장하면서 때마다 적당한 스승을 만났다. 연희전문에서 윤동주는
최현배 교수를 멘토로 삼아 조선어를 배웠다. 윤동주의 서가에서 가장 무게 있는
책으로서 좋은 자리에 꽂혀 있는 책은 최현배 선생의『우리말본』이었다.

형의 연전 입학 이전부터인 것 같다"고 증언하고 있습니다. 윤동주는 외솔 최현배 선생의 수업을 한 학기 들었습니다. 연희전문을 택한 윤동주의 머릿속에는 분명 최현배라는 세 글자가 있었습니다. 스승 최현배와 제자 윤동주의 사이는 각별합니다.

1938년 연희전문 문과 '조선어' 강좌에서 윤동주는 최현배 선생님을 만납니다. 연세대학교에는 최현배 흉상과 윤동주 시비가 있는데, 윤동주 시비는 알면서도 최현배 흉상이 어디에 있는지 모르는 사람들이 많습니다. 최현배 흉상은 1980년대에 세워진 연세대 문과대학 건물인 '외솔관' 입구에 세워져 있습니다. 흉상에는 이렇게 써 있습니다.

한 겨레의 문화창조의 활동은, 그 말로써 들어가며, 그 말로써 하여 가며, 그 말로써 남기나니, 이제, 조선말은, 줄잡아도 반만년 동안 역사의 흐름에서, 조선 사람의 창조적 활동의 말미암던 길이요, 연장이요, 또 그 성과의 축적의 끼침이라.

언어학자로서 최현배는 이렇게 중요한 인물로 기억되고 있습니다. 더욱 중요한 것은 그가 윤동주를 길러냈다는 점입니다.

1941년 스승 최현배와 제자 윤동주는 지역은 다르지만 함께 옥고를 치릅니다. 제자가 먼저 저 세상으로 떠나고, 가까스로 옥고에서 살아남은 스승은 1945년 광복을 맞아 살아남습니다.

스승은 아들이 경영하는 도서출판 정음사에서 제자의 시집을 3주기 추모식에 출판합니다. 우리 문학사에서 스승이 제자의 시집을 내준 예는, 요절한 제자 김소월의 시집을 내준 시인 김억 선생님, 역시 요절한 제자 윤동주의 시집을 만들어준 최현배 선생님입니다.

나의 길은 언제나 새로운 길

외솔 최현배(崔鉉培)는 갑오농민전쟁이 일어났던 1894년 10월 19일 경남 울산군 하상면 동리(울산시 중구 동동) 613번지에서 아버지 최병수, 어머니 박순화 여사의 장남으로 태어났습니다. 형제로는 3·1운동을 주도했던 동생 현구가 있습니다.

어린 시절 몸이 허약했으나 총명했던 그는 1899년 여섯 살 되던 해부터 울산에 있는 서당에서 한문을 배웁니다. 1900년 아버지가 돌아가셨고, 열네 살 때까지 서당 공부를 계속했습니다. 1904년 14살 되던 해에 서당을 떠나 병영에 신설된 사립학교인 일신학교(지금의 병영초등)에 입학해 3년 과정의 신식교육을 받습니다.

양숫자(아라비아숫자)와 체조, 산술을 배웠다. 특히 산술공부를 통해 공부하는 태도와 방법을 세웠고, 일생의 학문연구의 근본을 닦았다. (「나의 걸어온 학문의 길」, 『나라사랑』 제10집)

1910년 4월 1일 최현배는 외사촌 박필주와 고향 선배 김두봉의 권유로 관립 한성고등학교(지금의 경기고)에 최우수 성적으로 입학합니다. 그러나 그해 8월 29일 조선의 모든 국가 권리가 일본으로 넘어가는 한일합방을 목도합니다. 조선이 왕조가 세워진 지 27대 519년 만에 망한 겁니다.

최현배는 국권 상실을 보면서 나라를 되찾기 위해서는 민족을 위한 공부보다 더 급한 것이 없다고 판단했습니다. 김두봉과 함께 주시경 선생이 보성중학교에서 열던 일요강습소 조선어강습원에 나갑니다. 배재학당을 졸업한 주시경 선생은 1900년부터 더욱 열심히 한글을 가르쳤고, 상동교회 청년학원에서 우리나라 최초의 정규 교과목으로 국어문법을 가르쳤습니다.

주 스승에게서 한글을 배웠을 뿐 아니라 우리 말 우리 글에 대한 사랑과 그 연구의 취미를 길렀으며, 겨레 정신에 깊은 지각을 얻었으니, 나의 그 뒤 일생의 근본 방향은 여기서 결정이 됐다.

— 최현배, 「나의 걸어 온 학문의 길」, 《사상계》 6월호, 1955.

1913년 3월 2일 조선어강습 고등과를 1회로 졸업합니다. 한힌샘 주시경 선생의 한글 사랑은 외솔 최현배에게 이어졌습니다. 이 해에 어머니가 돌아가셨고, 최현배는 경성고보 4년을 휴학하고 울산으로 내려가 1년간 상복을 입었습니다. 1914년 주시경 선생의 권유로 경남 동래 동명학교에서 조선어 강습회를 맡아 가르칩니다.

7월에 주시경 선생이 돌아가셨습니다. 최현배에게 스승의 죽음은 크나큰 충격을 주었습니다. 사제의 연을 맺은 지 4년에 불과했으나, 주 선생에게서 받은 영향은 "평생 스승의 뜻과 정신을 이어받아 학문과 교육으로 한글과 나라, 겨레사랑을 실천했을" 만큼 컸습니다. 1915년 경성고보를 졸업, 관비유학생 시험에 합격합니다. 뒤이어 히로시마 고등사범학교 일본어 및 한문과에 입학하여, 3학년 때 교육학을 전공합니다.

1919년 1월21일 고종황제가 돌아가셨습니다. 3월 히로시마 고등사범을 졸업하고 공립학교에 의무적으로 복무해야 했으나 병을 핑계로 울산으로 돌아와 휴양합니다. 1920년 사립 동래고등보통학교에 교원으로 들어가 2년간 근무합니다. 1922년 히로시마 고등사범학교 연구과에 다시 수학, 이어서 교토 제국대학 문학부 철학과에서 교육학을 전공합니다. 1925년 동대학원에서 1년간 수업하고, 졸업논문으로 『페스탈로치 교육학설』을 발표합니다. 1926년 「조선민족 갱생의 도」란 글을 《동아일보》에 66회에 걸쳐 연재합니다.

일본 나라외국어학교를 사직하고 귀국해 1926년 33세에 연희전문 교수로 임용됩니다. 1929년 『우리말본 소리갈』(연희전문 출판부)을 펴낸 최현배는 당시 "국가적 상황을 극복하기 위해서는 한글연구와 교육을 통해 사회와 민족을 개조하고, 민족적 역량을 집중시켜야 한다"고 확신합니다. 조선어학회 창립에 참여하고, 조선어사전편찬위원회 준비위원(1929년)으로 활동합니다. 1933년 한글맞춤법통일안 제정에도 참여합니다. 1938년 45세 최현배 교수와 21세의 윤동주가 만났던 공간은 연희전문이었습니다. 두 사람 사이에 또 한 명의 제자가 있었습니다.

동주는 뜻을 세워서 연희의 문을 두드린 것입니다. 거기서 그는 위당(爲堂) 선생을 위시하여 여러 '스승의 가르침을 깨친' 것입니다. 조선인의 얼을 기른 것입니다. 그 때 그는 혼자 상경한 것이 아니었습니다. 그의 사촌 되는 송몽규와 함께 온 것입니다. 여기에서, 그는 또 강처중을 만났습니다. 나는 그들보다 일찍 연희에 들어온 것이어서, 늘 그들과 함께 저녁밥을 먹게 되었습니다. 우리는 모두 연희의 기숙사에 들어서 마음껏 책도 읽고 문학에 관한 토론도 한 것입니다.

— 박창해, 「윤동주를 생각함」, 『나라사랑』 제23집,
1976년 여름호, 129~130쪽.

"나는 그들보다 일찍 연희에 들어"왔다는 이 인물은 용정에 있던 은진중학교와 연희전문 2년 선배였던 박창해(朴昌海, 1916~2010)입니다. 박창해는 1916년 만주 지린성(吉林省) 룽징(龍井)의 유복한 기독교 가정에서 성장했습니다. "위당(정인보) 선생을 위시하여 여러 '스승의 가르침을 깨친'" 인물이라는 박창해의 증언대로 윤동주의 삶과 시는 변합니다. 최현배 선생에게는 한글을, 이양하 선생에게는 영시를, 정인보 선생에게는 문학을 배웁니다.

윤동주는 연희전문 입학 이전부터 최현배를 깊이 흠모했습니다. 최현배가 쓴 『우리말본』을 가장 소중하게 여겨 책상 위 가장 잘 보이는 곳에 놓고 애독, 우리말의 성음과 구조를 익혔다고 합니다. 이렇게 보면 윤동주의 우리말에 대한 이해와 지식은 상당한 정도로 외솔 선생의 영향에 기초를 두고 있음을 엿볼 수 있습니다. 연희전문에 입학한 1938년 그의 성적표에는 최현배 선생 수업을 들은 것으로 적혀 있습니다. 그래서 그런지 입학하고 쓴 첫 시는 한자가 보이지 않고 순한글로 쓰여 있습니다.

내를 건너서 숲으로
고개를 넘어서 마을로

어제도 가고 오늘도 갈

나의 길 새로운 길

민들레가 피고 까치가 날고

아가씨가 지나고 바람이 일고

나의 길은 언제나 새로운 길

오늘도 내일도

내를 건너서 숲으로

고개를 넘어서 마을로

— 윤동주, 「새로운 길」, 1938.5.10.

연전의 생활에 만족했는지 시가 어둡지만은 않습니다. 방해
가 될 냇물과 숲이라는 것도 꽃이나 새소리와 아가씨라는 긍정
적인 요소로 인해 오히려 인생에서 거쳐가야 할 하나의 과정으
로 나열되어 있습니다. 글뿐만 아니라, 행동도 더욱 '곁으로' 다가
가는 밝은 모습에 대해 선배 박창해는 귀한 증언을 남겼습니다.

가난한 사람을 보면 그대로 지나치지를 못하였고, 손수레
를 끌고 가는 여인을 보면 그 뒤를 밀어주는 것이었습니다.

(······) 봄이 되면 개나리 진달래와 더불어 이야기를 나누고, 여름이 되면 느티나무 아래에서 나뭇잎과 대화를 하였습니다. 가을이 되면 연희동 논밭에서 결실을 음미하면서 농부들과 사귀었습니다.

— 박창해, 「윤동주를 생각함」, 『나라사랑』 제23집,
1976년 여름호, 130~131쪽

다정스런 윤동주의 모습이 그려져 있습니다. 그때 윤동주가 최현배 선생 수업을 얼마나 열심히 수강했는지 1학년 성적을 보면 확인할 수 있습니다.

1학년 성적: 수신(80), 성서(89), 국어(81), 조선어(100), 한문학(85), 문학개론(70), 영문법(80), 영독(英讀, 81), 영작(74), 영회(79), 성음학(78), 동양사(85), 자연과학(75), 음악(95), 체조(79), 국사(74)

조선어 수업만 100점을 받았습니다. 이 수업에서 최현배는 4명에게 만점을 주었는데 윤동주와 함께 송몽규가 포함되어 있었다고 합니다.

다만 윤동주의 연희전문 시절은 마냥 행복하지만은 않았습니다.

1938년 7월 외솔의 제자 윤동주, 송몽규, 강처중 등은 입학 후 4개월 만에 외솔 교수의 마지막 강의를 맞이합니다. 1938년 최현배 선생은 이상재, 윤치호 등과 민족주의 운동단체인 '흥업구락부사건'에 연루됩니다. 최현배는 검거되어 3개월간 투옥되고, 강제로 연희전문 교수직에서도 물러납니다.

최현배는 굴하지 않고 연구에 매달려 1940년 『한글갈(정음학)』을 펴냅니다. 훈민정음에 관한 역사적 문제와 한글에 관한 이론적 문제를 망라한 명저로 "우리의 지적 소산 중 가장 위대한 한글에 대한 연구사와 공시적 문자 음운론과 통시적 음운사의 영원한 학문의 대작"(김석득, 한글학자)이었습니다. 1941년 최현배는 연희전문에 복직, 도서관에서 근무합니다.

1942년 조선어학회 사건이 터졌습니다. 이 사건은 일제가 조선어학회 회원 및 관련 인물들에게 치안유지법의 내란죄를 적용해, 검거, 투옥한 사건입니다. 최현배는 이 사건에 연루돼 이윤재, 이극로, 이희승, 장지연 등과 함께 함흥경찰서에 검거됩니다.

1945년 8월13일 일본 고등법원은 최현배에게 4년 형량을 확정했습니다.

"조선어학회는 학술문화단체를 빙자하여 조선독립을 목적으로 하는 비밀 결사단체"이며, "최현배, 이극로, 이희승, 정인승 등은 중대 악질로 한반도에 악영향을 끼쳤다"고 판결했습니다. 최현배는 8·15 광복 때까지 3년여를 감옥에 있으면서 한글 가로글씨 쓰기 연구를 계속하여, 1947년 『글씨의 혁명』을 펴냈습니다.

1945년 9월 최현배는 미 군정청 문교부 편수국장에 부임해 1948년 9월까지 재직했습니다. 국민교과서 편찬업무에 종사하면서 『한글 첫걸음』, 『중등교육독본』(상, 하)을 펴냅니다.

바로 이즈음에 최현배 선생의 아들인 최영해 정음사 대표 (1914~1981)가 1948년 2월 16일 윤 시인의 3주기 추도식에 유고 시집 『하늘과 별과 바람과 시』를 펴냅니다. 정음사는 최현배 선생이 연희전문학교 교수로 재직하던 당시 강의를 위해 『우리말본』 중 『소리갈』을 등사본으로 찍은 것을 계기로 1928년 설립됐습니다.

최 대표의 장남 최동식 고려대 화학과 명예교수는 "윤 시인의 3주기 추도식에 맞춰 시집을 출간하려 했으나 준비가 부족해 일단 동대문에서 구한 벽지로 겉표지를 만들어 시집 10권을 급히 제본했다고 부친에게 들었다"며 "최초본 10권은 추도식 참석자들이 나눠 가졌고 정식 출판된 초판본은 한 달 정도 뒤에 나온 것으로 안다"고 증언했습니다. 이후 표지가 다른 천 부를 제작합니다.

『하늘과 바람과 별과 시』 초판본은 당시 보기 드물게 가로쓰기를 택했습니다. 당시 대부분 세로쓰기로, 오른쪽에서 왼쪽으로 써내려오는 방식으로 책을 펴냈는데 한글 가로쓰기를 주창한 최현배 선생의 뜻을 "아버님이 실천에 옮긴 것"이라고 최동식 교수는 증언했습니다.

1957년 최현배는 한글학자로서 필생의 업적이라 할 수 있는 『조선말 큰 사전』을 완성했습니다. 1970년 3월 23일 새벽 외솔 최현배는 세브란스 병원에서 향년 77세로 운명했습니다. 사회장으로 장례식을 치른 뒤 경기도 양주군 진집면 장현리에 안장됐습니다. 부인 이장련 여사도 남편이 작고한 지 18일 만에 세상을 떠나 곁에 잠들었습니다.

바둑아, 바둑아, 이리 오너라

연희전문에서 최현배 교수의 수업을 듣던 한 명의 친구 얘기를 남겨야겠어요.

해방후 최초의 국어교과서를 만든 박창해 이야기입니다.

최현배의 제자이며 윤동주의 선배인 박창해는 두 사람의 얼을 자신의 학문에서 살려냅니다. 미군정청 문교부 편수사로 1945년 광복 직후부터 3년 동안 초등학교 국어교과서를 제작했던 박창해는 1948년 10월 5일 한국 최초의 국어 교과서인 『바둑이와 철수』라는 초등 국어 교과서를 저술합니다. 국어 교

『바둑이와 철수』표지
...
박창해는 1948년 10월 5일
한국 최초의 국어 교과서인
『바둑이와 철수』라는
초등 국어 교과서를 저술한다.
국어 교과서 이름을
『바둑이와 철수』로 한 것은
당시로는 정말 신선한
작명이었다.

윤동주의 선배 박창해
...
박창해는 그전까지
"가갸거겨"로 외우던
방식을 탈피해
"바둑아, 바둑아, 나하고 놀자"
라는 소리로 언어를
공부할 수 있도록
국어교과서를 집필했다.

과서 이름을 『바둑이와 철수』로 한 것은 당시로는 정말 신선한 작명이었습니다.

그는 "1946년 어느 날 교과서에 들어갈 내용을 논의하다가 3·1운동 때 우리 여성 가운데 프랑스의 잔다르크처럼 활동한 사람을 찾아내기로 했고"(「나의 국어 편수사 시절」) 그 결과 유관순이라는 인물을 널리 알리기도 했지요.

용정에서 강아지를 키우며 자랐다는 박창해가 만든 교과서에는 아직도 유명한 구절이 써 있습니다. 박창해가 만든 한국 최초의 국어교과서에는 그전까지 "가갸거겨"로 외우던 방식과 달리 "바둑아, 바둑아, 나하고 놀자"는, 곧 소리로 언어를 공부하는 삶의 현장이 담겨 있습니다.

바둑아 바둑아
이리 오너라
나하고 놀자

교과서에 '철수와 영희'라는 이름이 등장하면서, 이후 '철수와 영희'는 하나의 공식처럼 한동안 영화나 소설 주인공으로 쓰였습니다. "바둑아, 바둑아, 이리 오너라"라는 유명한 문구는 식민지에서 벗어난 한국어의 위상을 보여주는 독립선언문이었습니다(이 책 271쪽). 우리말을 동요로 가르치려고 했던 박창해의 상상력에는 윤동주의 시편들이 작동했을 수도 있겠지요.

그 후 1952년에 연세대 국어국문학과 교수로 부임한 박창해는 1959년 연세대 산하기관으로 한국어학당을 세웁니다. 지금도 한국어 교육기관으로는 가장 높은 세계적인 위상을 갖고 있는 기관입니다.

환갑이었던 1976년 연세대를 떠나 미국 하와이 대학에 가서 한국어를 가르치다가 열두 해 만인 1988년 다시 돌아와 일흔이 훌쩍 넘긴 나이에도 『한국어 구조론 연구』(1990) 등을 냈습니다. 특히 92세에 펴낸 『현대 한국어 통어론 연구』(2007)은 스승 최현배 선생이 1937년에 낸 『우리말본』이 나온 지 70년이 되는 해에 출판한 명저입니다. 이 책 첫 머리 「감사의 말」에는 "은진 동문들의 열열한 사랑에 감읍할 따름입니다"라고 써 있습니다. 이후 『한국어 집중 강습(An Intensive Course in Korea)』을 펴냈고, 2010년 6월 14일 향년 95세를 일기로 타계했습니다.

해방후 윤동주의 스승 최현배는 『조선말 큰사전』을, 선배 박창해는 초등 국어교과서 『바둑이와 철수』를, 윤동주는 유고시집 『하늘과 별과 바람과 시』를 냅니다. 이들은 책으로 만났습니다. 스승 최현배와 후배 윤동주를 가장 가까이에서 보았던 박창해 교수의 삶이 말해주듯, 역사는 알게 모르게 조금씩 확장되고 누군가 릴레이 배턴을 이어받곤 합니다.

무한한 성찰과 저항을 거쳐 조선어는 존재해 왔습니다. 세종대왕, 주시경, 최현배를 거쳐 윤동주와 박창해에 연결되는 릴레이를 봅니다. 탁월하고 헌신적인 교수 한 명이 키운 제자들로 인해, 그 나라 최고의 시집과 최초의 국어교과서가 탄생한 겁니다. 보이지 않고 하찮아 보이는 저항들이 모여, 거대한 언어의 역사와 단독자의 자유를 지켰던 역사였습니다.

낙엽을 밟으면서 멀리 봄이 올 것을 믿습니다

마지막 단락에서 윤동주다운 면모가 다시 나타납니다. 보통 스무 살쯤이면 『시경』 『서경』 『주역』의 삼경(三經)을 공부하는데, 산문 「화원에 꽃이 핀다」를 마무리하면서 윤동주는 『주역』을 인용합니다.

세상은 해를 거듭, 포성에 떠들썩하건만 극히 조용한 가운데 우리들 동산에서 서로 융합할 수 있고 이해할 수 있고 종전의 ( )*가 있는 것은 시세의 역효과일까요.

봄이 가고, 여름이 가고, 가을, 코스모스가 홀홀히 떨어지는 날 우주의 마지막은 아닙니다. 단풍의 세계가 있고, —이상이견빙지(履霜而堅氷至) — 서리를 밟거든 얼음이 굳어질 것을 각오하라—가 아니라 우리는 서릿발에 끼친 낙엽을 밟으면서 멀리 봄이 올 것을 믿습니다.

노변(爐邊)에서 많은 일이 이뤄질 것입니다.

윤동주가 이 산문 말미에 쓴 '이상견빙지'(履霜堅氷至)는 무슨 뜻일까요.

이태준(李泰俊, 1904~?) 단편소설 「패강랭」에 '이상견빙지'가 나옵니다. '패강(浿江)'은 대동강의 별칭이며, '패강랭(浿江冷)'은 패강 곧 대동강이 얼었다는 뜻입니다.

주인공 '현'이 친구를 만나기 위해 십수 년 만에 평양을 방문하면서 소설은 시작합니다. 조선어 과목이 없어지며 조선어 교사이던 '박'이 실직하기 직전입니다. 평양은 이미 근대화되어 예전의 모습을 잃어가고 있었습니다. 봄이면 기생과 양반이 풍류놀이를 하던 대동강 상류 을밀대 부근에는 비행장이 들어서 있고요. 평양 여인이 전통적으로 두르던 머릿수건과 댕기는 사라졌고, 현을 따르던 기생 영월이는 조선 전통무용 대신 서양 댄스를 즐겨 춥니다.

현은 평양 여자들의 머릿수건이 늘 보기 좋았다. 현은 단순하면서도 흰 호접과 같이 살아 보였고, 장미처럼 자연스런 무게로 한 송이 없힌 댕기는, 그들의 악센트 명랑한 사투리와 함께 '피양내인'들만이 가질 수 있는 독특한 아름다움이었다. 그런 아름다움을 제 고장에 와서도 구경하지 못하는 것은, 평양은 또 한 가지 의미에서 폐허라는 서글픔을 주는 것이었다. (……)

"아닌 게 아니라 자네들 이제부턴 실속 채려야 하네."

하고 김은 힐긋 현의 눈치를 본다.

"더러운 자식!"

"흥, 너희가 아무리 꼬장꼬장한 체해야……."

"뭐, 이 자식……."

하더니 현은 술을 깨려고 마시던 사이다컵을 김에게 사이다째 던져 버린다. 깨어지고 뛰고 하는 것은 유리컵만이 아니다. 기생들이 그리로 쏠린다. 보이들도 들어온다.

"이 자식? 되나 안 되나 우린 우린…… 이래 봬두 우리……."

하고 현의 두리두리해진 눈엔 눈물이 핑 어리고 만다.

"이런 데서 뭘…… 이 사람 취했네그려, 나가 바람 좀 쐬세."

하고 박이 부산한 자리에서 현을 이끌어 낸다. 현은 담배를 하나 집으며 복도로 나왔다.

"이 사람아? 김군 말쯤 고지식하게 탄할 게 뭔가?"

"후……."

"그까짓 무슨 소용이야……."

"내가 취했나 보이…… 내가…… 김군이 미워 그리나?

······ 자넨 들어가 보게······."

현은 한참 난간에 의지해 섰다가 슬리퍼를 신은 채 강가로 내려왔다. 강에는 배 하나 지나가지 않는다. 바람은 없으나 등골이 오싹해진다. 강가에 흩어진 나뭇잎들은 서릿발이 끼쳐 은종이처럼 번뜩인다. 번뜩이는 것을 찾아 하나씩 밟아본다.

"이상견빙지(履霜堅氷至)······."

『주역(周易)』에 있는 말이 생각났다. 서리를 밟거든 그 뒤에 얼음이 올 것을 각오하란 말이다. 현은 술이 확 깬다. 저고리섶을 여미나 찬 기운은 품속에 사무친다. 담배를 피우려하나 성냥이 없다.

"이상견빙지······ 이상견빙지······."

밤 강물은 시체와 같이 차고 고요하다.

— 이태준, 「패강랭」, 《삼천리문학》, 1938.

겨울바람에 대동강이 얼어붙듯, 평양을 흐르던 긴 전통의 물결 역시 일제의 식민 정책과 더불어 어느 순간엔가 정지되어버린 겁니다. 아홉 살 기생 이보배가 조선전통 음악과 무용에 이어 서양 춤을 기예로 익히던 1918년부터 이런 변화는 이미 진행되고 있었습니다. 주인공은 소설가 '현'으로 이 소설을 쓴 작가 이태준의 분신입니다. 전통적인 것을 사랑하는 작가 '현'

은 옛것에 대한 애착을 버리지 못합니다.

이 소설은 일제에 의해 말살되어 가는 우리 전통 가치에 대한 애정과 민족 의식을, 전통적 가치를 중시하는 '현'과 친일적 성향의 '김'의 대화를 통해 드러내고 있습니다. 여인들의 흰 머릿수건과 기생의 소리보다는 유성기와 댄스를 추는 모습을 선호하고, 평양 사투리보다는 서울말이 선호되는 세태의 변화는 조선적인 것, 전통적인 것이 사라져 가는 일제 말기의 풍경을 안타깝게 증언합니다.

마지막 부분에 『주역』에 나오는 '이상견빙지(履霜堅氷至)'란 글귀가 나옵니다. 서리[霜]가 밟히면[履, 신발 리] 머지않아 단단한[堅] 얼음[氷]이 다가온다[至]는 뜻입니다. 서리를 밟거든 그 뒤에 올 얼음을 각오하라는 말로, 지금이 서리라면 앞으로 서리보다 더한 얼음의 참담함이 올 수도 있다는 말입니다.

이상견빙지(履霜, 堅氷至)는 『주역』에 나오는 중지곤(重地坤)을 설명하면서 나오는 대목입니다. 중지곤은 모든 효가 짧은 작대기인 음[☷]으로 그려진 형국입니다.

여섯 개의 긴 막대기인 양[☰]으로 이루어진 중천건(重天乾)은 하늘이 6개 있는 데 반해, 중지곤은 땅이 6개 있는 형국입니다.

12개의 조각은 조각조각 땅이 흩어진 땅일 수도 있어 무언가 생산해낼 형국입니다. 중지곤은 땅의 법칙, 자연의 이치를 상징합니다.

12개의 조각은 많은 수효를 거느리고 있어 백성을 뜻하기도 하고 군졸을 의미하기도 합니다.

12개의 작은 조각들이 어떻게 변할지 아무도 모르지요.

12개의 조각이 있는 중지곤은 얼른 느껴지지 않는 작은 조짐들이 모여 큰 결과를 만든다는 모양이지요. 어떤 일이든 오랫동안 쌓이고 쌓이면 큰 결과가 온다는 뜻입니다. 어떤 일이라도 탄탄하게 작은 법칙을 지켜 나가야 옳은 결실을 얻을 수 있다는 것이 여성성으로서 음[☷]의 힘입니다. 시작한 작은 일을 끈기있게 해야 하는 것이 중지곤이라는 괘입니다.

콩 심은 데 콩 난다는 원리와 비슷하면서도 다릅니다. 가령 1789년 프랑스 혁명은 갑자기 생긴 것이 아니라, 아주 오랫동안 인간을 향한 투쟁이 쌓이고 쌓여 일어났겠지요.

重坤地

...

중지곤

부정적인 것도 작은 일이 모여 이루어집니다. 게가 떼를 이루고 모래사장에 올라오면 해일이 올 수 있다고 하지요. 한 잔 마시고 운전하는 일이 습관으로 굳으면, 언젠가 몇 병을 마시고 운전해서 큰

사고를 일으킵니다.

작은 일이 좋은 것이든 나쁜 것이든 우리가 평소에 행한 작은 것에서부터 큰 성과를 만들어 낼 수도 있고 반대로 큰 후회를 만들 수도 있습니다.

성인은 미세한 기운을 보고 미래를 알아차리고 거대한 미래를 준비하는 사람이겠지요. 작은 징후를 보고 큰일을 예비할 수 있어야 합니다.

노변에서 많은 일이 이뤄질 것입니다

명동마을 기와집에 올려진 막새기와에는 네 가지가 새겨져 있습니다. 태극문양, 무궁화꽃 문양, 십자가 문양입니다. 태극기 주변의 4괘는 현재 대한민국 태극기의 원형 그대로 건곤감이가 정확히 그려져 있습니다. 윤동주가 과연 『주역』을 어디까지 이해하고 있었는지 확실히 알 길은 없으나, 주역의 원리가 그대로 들어가 있는 태극기를 집집마다 막새기와에 새겨 올려 놓은 명동마을의 어르신들은 『주역』을 깊이 이해했으리라 추측할 수 있습니다.

또한 윤동주가 다녔던 연희전문은 1938년에 금지된 조선어를 정식수업으로 가르치기도 했고, 곳곳에 태극기가 붙어 있

...

명동마을 막새기와

없습니다. 지금 사람들보다 동양 사상을 더 잘 알았고, 식민지 시대를 살던 그들에게 태극기의 의미는 더욱 절실했을 겁니다.

태극기의 네 구석에 길거나 짧게 그려진 세 줄의 검은 색 줄을 4괘라고 합니다. 흰색 바탕은 백의 민족의 순수한 민족성을 나타내지요. 중앙에 있는 빨강과 파랑의 원은 음양으로 움직이는 우주를 상징합니다. 태극기 모양은『주역』에 나오는 대로 3줄이 표현하는 음양의 조합에 따라 우주의 구조를 설명하고 있어요.

『주역』에는 짧은 검은선과 긴 검은선을 조합하여 만드는 64괘가 나옵니다. 끊어진 선(--)은 음이라 하고, 긴 검은 선(一)은 양이라고 합니다. 음양이 서로 변화하고 발전하는 효(爻)의 조합을 통해 만들어진 64괘는 인간이 살아가며 만나는 여러 조건을 상징합니다. 이런 이야기는 점(占)치는 이야기라고 무시할지도 모르나, 고대 시대에는 점을 쳐서 사태를 대비하곤 했었답니다. 별을 보는 점성, 꿈을 해몽하는 꿈점, 짐승의 뼈나 거북의 등껍질을 보는 점 등으로 미래를 대비했던 겁니다. 검은 막대기로 점을 치는『주역』의 원리는 오늘날 말로 하자면, 많은 통계를 축적하여 미래를 예측하는 일종의 데이터 베이스

흰색바탕	밝음과 순수, 그리고 전통적으로 평화를 사랑하는 우리의 민족성	
태극문양	음(陰 : 파랑)과 양(陽 : 빨강)의 조화를 상징	
건괘(乾卦) ☰	하늘	봄
곤괘(坤卦) ☷	땅	여름
감괘(坎卦) ☵	물	겨울
이괘(離卦) ☲	불	가을

였던 것이죠.

태극기는 64괘를 대표하는 4개의 대표적인 원리를 보이고 있어요. 4괘를 선택한 이유는 바로 보나 거꾸로 보나 모양이 똑같기 때문일 거라는 설도 있습니다. 나머지 괘는 뒤집으면 모양이 치우치기 때문이지요.

이태준의 『패강랭』에서 주인공 '현'은 일련의 변화를 통해 머지않아 큰일이 일어날 것임을 예감하고, 시대에 대한 어둡고 우울한 예감에 휩싸이며 비애감에 잠깁니다.

윤동주는 반대로 '잔혹한 낙관주의'를 예감합니다. 얼음을 각오할 것을 넘어 "멀리 봄이 올 것을 믿습니다"라고 명시합니다.

나는 그 여자의 건강이―아니 내 건강도 속히 회복되기를 바라며 그가 누웠던 자리에 누워 본다.

― 윤동주, 「병원」, 1940.12.

「창구멍」「병원」「새벽이 올 때까지」「별 헤는 밤」「서시」 등 그의 시들은 쉼없이, 오지 않을지도 모를 희망을 잔혹하게 반복해서 노래합니다.

봄이 가고, 여름이 가고, 가을, 코스모스가 홀홀히 떨어지는 날 우주의 마지막은 아닙니다. 단풍의 세계가 있고, ―이상이견빙지(履霜而堅氷至)―서리를 밟거든 얼음이 굳어질 것을 각오하라―가 아니라 우리는 서릿발에 끼친 낙엽을 밟으면서 멀리 봄이 올 것을 믿습니다.

노변(爐邊)에서 많은 일이 이뤄질 것입니다.

"봄이 가고, 여름이 가고, 가을, 코스모스가 홀홀이 떨어지는 날 우주의 마지막은 아닙니다"라는 문장은 이 산문의 앞부분을 반복하고 있지요. 처음과 끝이 이어 통하는 수미상관(首尾相關)이라 할 수 있겠지요. 우주의 순환 속에서 인간이 살아갈 길을 밝히려는 『주역』의 내용과도 통합니다.

윤동주가 말하고자 하는 바는 종말의 시대로 가는 '단풍의 세계'를 넘어 '이상이견빙지'의 시대로 들어간다는 것입니다. 마지막이라 하면 어딘지 모르게 쓸쓸하고 우울하지만, 작은 일에도 충실하면 풍성한 결과를 얻을 수 있다는 의미이기도 합니다. 순간순간, 하루하루를 충실하게 살아갈 때 분명히 봄이 올 것이라고 윤동주는 '잔혹한 낙관주의'를 거듭 말합니다.

"노변에서" 많은 일이 이뤄질 거라고 하는데, 이때 노변은 화롯가를 말합니다. 이 글을 시작할 때 특정한 계절을 생각하지 말라고 윤동주는 썼습니다. 정확한 창작일자를 표시하기는 어렵지만, 첫문단에 "하룻밤 사이에 소복이 흰 눈이 내려, 내려 쌓이고 화로에는 빨간 숯불이 피어오르고 많은 이야기와 많은 일이 이 화롯가에서 이루어집니다"라고 쓴 것을 볼 때, 겨울철에 이 글을 썼다는 것을 알 수 있습니다.

이 추운 겨울에도 아직 화롯가가 있다는 희망을 따스하게 표현하며 마무리합니다. 윤동주는 희망을 포기하지 않습니다. 조용하지만 악착같이. 이상이견빙지.

큰 나무가 된다.

어떤 사람이 밭에 겨자씨를 뿌렸다.
겨자씨는 모든 씨앗 중에서 가장 작은 것이지만
싹이 트고 자라나면 어느 푸성귀보다도 커져서
공중의 새들이 날아와 그 가지에 깃들일 만큼 큰 나무가 된다.

- 예수의 말, 마태복음 13장 31~32절

윤동주와 벗하며

한때 그를 과잉평가 된 시인 중 한 명으로 우습게 봤습니다.

당시 희망 없는 일상과 암담한 시대에 유약해 보이는 그의 시가 싫었습니다. 그의 동시는 아이들이 끄적거린 장난으로 보였고, 시는 치기 어린 청소년이 쓴 어설픈 습작으로 보였습니다. 그의 시를 만나면 부질없이 집적거리며 해찰만 할 뿐이었습니다. 예전의 저처럼 지금도 그를 우습게 보는 이들이 있을 겁니다.

어느 날부터인가. 절망하고 있던 제게 그가 쓴 시 한 구절이 말을 걸었습니다.

"나무가 춤을 추면 바람이 불고"

"그믐밤 반딧불은 부서진 달 조각"

"손목을 잡으면 다들, 어진 사람들."

"모두 울거들랑 젖을 먹이시오."

미음 떠먹듯 조금씩 그의 시에 밑줄을 그었습니다. 아무것도 하지 않으면 어떤 변화도 없을 것이기에 가까스로 그의 시를 미음 마시듯 한 수저씩 들었지요. 시가 말하는 바를 겸허하게 들을 마음의 채비를 했습니다. 곡물 같은 구절 앞에서 다소곳이 마음 문을 열었을 때, 그의 시를 냉소하던 제 상처에서 콤플렉스를 보았습니다. 못난 나를 위로하기 위해 그의 시를 하대하는 이상한 현상을 깨달았습니다. 그의 시를 메모해서 매일 호주머니 속에 넣고 다닐 무렵, 작은 별 하나 조용히 내 영혼에 다가와, 내 절망은 점차 자긍심으로 바뀌었습니다. 그에 관한 논문과 책을 발표하면서 감당하기 어려울 정도로 많은 강연을 해야 했습니다.

사실 이 책에 실린 글은 대부분 발표했던 글입니다. 필자가 쓴 두 편의 논문 「윤동주 산문 〈종시〉의 경성과 노동자」(『한국문학이론과 비평』, 2017.)와 「1년 동안 글쓰기, 윤동주 산문 〈달을 쏘다〉」(『사고와 표현』, 2019.)를 쉽게 풀어 이 책에 넣었습니다. 《동아일보》에 연재했던 「동주의 길」, 《서울신문》에 연재했던 「작가의 탄생」에 썼던 내용도 들어 있습니다. 4회 시리즈로 여러 번 강연했던 내용입니다.

1.

강연이 끝나면 선생님들이나 학생이나 도서관 사서분들에게 늘 이런 질문을 받습니다.

"어떡하면 윤동주 시와 친해질 수 있을지요?"

억지로 시험 문제처럼 암기하는 방식은 권하고 싶지 않습니다. 그런 방식은 역효과가 납니다. 조금씩 윤동주와 벗하면 평생 좋은 글벗 영벗 길벗 늘벗을 사귀는 것이죠.

첫째, 마음에 닿는 구절과 만나도록 권하면 좋습니다.

시 한 편 전체를 이해하려 하지 말고, 편히 좋아하는 구절을 나누면 좋습니다. 좋아하는 구절로 여러 가지를 만들면 재밌습니다. 자기가 좋아하는 몇 구절을 선정해서 카드도 만들고, 타일에 윤동주 시를 써서 벽에 붙인 이쁜 담벼락도 본 적이 있습니다. 윤동주 시로 동영상을 만드는 시간도 아주 재밌습니다.

둘째, 윤동주 시를 노래로 부르면서 외우면 참 좋습니다.

유튜브에 「조개껍질」은 가수 차빛나 님이 작곡하고 부른 곡이 있어요. 「반딧불」을 유영민 작곡가가 노래로 만들었는데 유튜브에 있습니다. 「십자가」는 가수 홍순관 선생이 부른 노래를 엄지를 들어 추천하고 싶습니다. 훌륭한 뮤지션이 만든 좋은 노래들이 많으니 함께 부르며 대화 나눠도 좋습니다.

〈노래로 만나는 윤동주〉라는 공연을 여러 차례 해왔습니다. 2019년 1월 24일 캐나다 밴쿠버에서 공연하면서, 가족이 함께 볼 수 있는 공연이라는 확신을 얻었습니다. 꼬마들이 아빠 엄마와 함께 보고 나서 "재밌었어요"라며 다가와 사진 찍을 때 무척 기뻤습니다. 윤동주가 마지막으로 불렀던 〈아리랑〉도 꼬마 아이가 선창하면 좋습니다.

그 지역 최고의 뮤지션, 성악가, 꼬마 아이와 작업하는 과정은 즐겁습니다. 윤동주가 좋아하던 노래 〈희망의 나라로〉 〈산타루치아〉 〈내 고향으로 날 보내주〉 〈아리랑〉 등을 부르고, 그의 시로 만든 노래를 부르고, 사이사이에 설명을 합니다. 지금까지 공연했던 지역은 다음과 같습니다.

1회 콘트라베이스 연주자 유영민 작곡가와 함께
    (2016.2.15.)

2회 바리톤 정경 교수와 함께(2017.2.20.)

3회 남양주시 초청공연, 바리톤 정경 교수와 함께 (2017.9.21.)

4회 헝가리 부다페스트 한국문화원 초청(2018.2.11.)

5회 제주아트센터 기획공연, 소프라노 김정희 교수와 함께
    (2018.6.27.)

6회 캐나다 밴쿠버 트리니티웨스턴대학 VIEW대학원 교
    민특강 (2019.1.24.)

셋째, 윤동주가 시를 썼던 장소를 걸어보는 것도 좋습니다.

2017년 격주 수요일 《동아일보》에 「동주의 길」을 연재했습니다. 윤동주가 시를 썼거나 삶과 관계 있는 장소가 많습니다. 명동마을, 용정, 연희전문, 지하철 경복궁역에서 가까운 누상동 9번지, 릿쿄대학, 도시샤대학, 교토 하숙집, 후쿠오카 형무소, 시집 『하늘과 바람과 시』를 후배 정병욱이 숨겼던 광양시 양조장집 등 지금도 남아 있는 장소에서 그가 썼던 시를 읽고 생각해봐도 좋습니다. 다음 책으로 『동주의 길─공간에서 만나는 윤동주』를 내려 합니다.

넷째, 윤동주와 관련 있는 날을 기억하고, 관련 있는 시를 생각하는 방식도 좋습니다.

매년 12월 30일 윤동주가 태어난 날에는 작은 윤동주 음악회를 열어 여럿이 모여 그가 좋아하던 노래 〈산타루치아〉나 〈아리랑〉도 불러 봅니다. 매년 2월 16일 윤동주가 사망한 날에는 그를 추모하며 그가 마지막에 썼던 시들을 생각합니다. 매년 5월 10일 「새로운 길」을 썼던 날에는 이 시를 생각해봅니다. 매년 5월 31일 「십자가」와 「눈 감고 간다」를 썼던 날에도 이 시를 읽으며 삶을 생각해봅니다. 매년 7월 14일 그가 체포된 날에도 결단이란 무엇인지, 어떤 날 윤동주 시가 가슴을 울렸는지 헤아려 봅니다.

다섯째, 윤동주가 읽은 책을 따라 읽어보는 것도 좋은 체험입니다.

윤동주가 책을 읽는 생활을 보면 몇 가지 특징이 있습니다. 먼저 동서고근(東西古近) 곧 동양과 서양, 오래된 고전과 최근 책을 골고루 읽는 자세입니다. 꿀벌 독서법이라 할까요. 꽃을 찾아가는 꿀벌처럼, 한번 관심이 생기면 그 문제를 계속 찾아가면서 읽는 태도입니다. 꿀벌이 집을 짓듯, 읽은 정보를 정리하고 체계화시키고, 글로 씁니다.

이제는 우리가 윤동주가 읽은 책들을 읽어보는 방식이죠.

1년 과정으로, 윤동주가 읽고 공부했던 인물들이나, 관계 있는 작품을 공부하는 겁니다. 맹자, 정지용, 백석, 기타하라 하쿠슈, 미요시 다쓰지, 이바라기 노리코, 최현배, 릴케, 프란시스 잠, 폴 발레리, 투르게네프, 도스토예프스키, 톨스토이, 키르케고르, 빈센트 반 고흐, 성경 등 12회 혹은 15회의 '윤동주가 만난 영혼들'이라는 시리즈 강연을 여러 도서관과 시민강좌에서 해왔습니다. 숙명여자대학교에서 진행하는 수업 〈세계문학과 철학〉에서도 여러 차례 했고, 캐나다 밴쿠버에 있는 트리니티웨스턴대학 VIEW대학원에서도 2019년 봄학기 수업에서 객원교수로서 이 내용을 강의했습니다.

윤동주를 통해 세계문학과 세계사상을 만날 수 있는 귀한 과정입니다.

여섯째, "모든 죽어가는 것을 사랑해야지"라는 구절을 실천해보는 겁니다.

강릉초당두부점에 가면 초당두부를 만들어보는 데가 있습니다. 도자기 박물관에는 도자기를 구워보는 실기실이 있습니다. 윤동주 문학관이 있다면 무엇을 해야 할까요.

윤동주 문학을 소개하고 공부하는 프로그램이 있어야 하고요. 아울러 윤동주가 "죽어가는 것에 젖을 먹이시오", "모든 죽어가는 것을 사랑해야지"라고 했던 다짐을 실천해야 하지 않을지요.

동생의 증언에 따르면, 윤동주는 고향에 돌아오면 얼른 평상복으로 갈아입고 농사일을 거들었다고 하지요. 박창해의 증언에 따르면 손수레 끄는 여인들을 뒤에서 밀어줬다고 합니다.

매년 2월에 윤동주 시를 좋아하는 사람들 60여 명이 〈별을 노래하는 마음으로〉라는 모임으로 낙후지역의 독거노인들에게 연탄을 배달해드리는 일을 하고 있습니다. 2019년에 3회를 맞았습니다. 엉뚱한 일 같지만 이것도 윤동주의 시를 몸으로 체험하고 함께하는 한 방식이라고 생각합니다.

〈별을 노래하는 마음으로〉모임

...

매년 연탄 1,500장을 10가구에 150장씩 배달해드린다. 윤동주를
좋아하는 각지에서 온 부모, 어린이, 학생 등 60여명이 참여한다.

2.

윤동주 시인을 연구하면서 늘 세 가지를 멀리했습니다. 상품
화, 우상화, 정치화. 특히 윤을 연구할 때 세 가지를 피하려 애
썼습니다.

장사판에서 그를 팔지 않으려 했지만, 알리는 일과 장사판
사이의 경계가 모호한 적도 있습니다. 어제도 한 회의에 가서
윤동주를 관광 자원으로 만들 기획을 들었습니다. 알리는 것은
좋지만 지나치면 문제입니다. 제 행위도 상업화를 피할 길이
없습니다. 윤동주 시를 강연하면서 사례를 받고, 책을 써서 인
세를 받아왔습니다. 간장 사이소, 팔 듯 윤동주를 팔아왔습니
다. 늘 긴장하면서도 알리려면 상품으로 잘 만들어야 하는 과
정은 건널 수밖에 없는 징검다리입니다.

우상화의 경계는 모호합니다. 윤동주를 우상으로 만들지 않
으려고 강연할 때, 동시 쓴 윤동주를 "이 애는"으로, 평생 학생
으로 살았으니 "이 학생은"으로 내리깎는 투로 부르기도 했습
니다만, 연구하고 알리면서 존경을 피하기 어렵습니다.

인기 있는 그를 이용하려는 정치가들이 있습니다. 가장 비루
한 정치가일수록 "죽는 날까지 한 점 부끄럼 없다"며 그의 시
를 함부로 자주 인용합니다. 각종 선거 때마다 윤동주 이름을
걸고 토크콘서트 하자는 제안은 듣자 마자 얼른 전화를 끊었습
니다.

상품화, 우상화, 정치화를 늘 조심해왔습니다. 상품으로 만드는 과정은 완전히 피할 수는 없지만, 그 위험성을 줄이고 싶습니다.

3.

2017년에 낸 『처럼—시로 만나는 윤동주』(문학동네)를 적지 않은 분들이 읽어주셨습니다. 쇄가 나올 때마다 고쳐서 이제는 초판과 많이 다릅니다. 10쇄쯤에는 '개정판'이라 이름 붙이고 전체를 고치려 합니다.

오무라 마스오 와세다대학 명예교수님 얘기를 쓰지 않을 수 없습니다. 작년 12월 일본 치바에 있는 선생님 댁에 찾아갔을 때 숙제 주시듯 새로운 윤동주 자료를 주셨습니다. 윤동주 산문 정본이 틀렸다고 언젠가 선생님께서 지적해주셨을 때부터 산문 연구를 시작했습니다.

윤동주 기념사업회 유족 대표이신 윤인석 성균관대학교 교수님께도 감사드립니다. 윤 교수님은 모자란 서생을 늘 말없이 격려해주셨습니다.

대학원 시절 수업을 들었던 이어령 교수님께서 몸이 불편하신 중에도 추천사를 써주셨습니다. 이 교수님께서 발표하신 윤동주 연구에 배운 바가 컸습니다.

영화 〈동주〉를 만드신 이준익 감독님께서는 영화 촬영 중인데도 기뻐하시며 추천사를 써주셨습니다. 시네토크로 이 감독님과 영화 얘기를 나눌 때 행복했습니다. 언젠가 이 감독님께서 만드시는 10부작 드라마 〈동주〉를 만나고 싶습니다.

하루 중 30분을 시인으로 살고 나머지 23시간 30분을 일상인으로 살아가는 박준 시인이 짬을 내어 추천사를 써주셨습니다. 모자란 선배를 응원해준 박준 시인의 그 30분 곁으로 다가가고 싶습니다.

늘 마지막이라는 생각으로 책을 씁니다. 이 책 『나무가 있다』는 변두리 서생이 기워내는 두 번째 윤동주 탐색입니다. 2017년 『처럼―시로 만나는 윤동주』을 내고 그해 5월부터 두 달간 창비학당에서 〈윤동주와 세계문학〉이라는 제목으로 8회 강연을 했는데, 그때 한 분이 매주 맨 앞에 앉아 조용히 경청했습니다. 어떤 분일까 궁금했는데, 당시 ㈜북이십일 편집부 문학담당 신주식 선생이었습니다.

연속 강연을 마친 날, 신 선생은 책의 포맷까지 만들어 집필을 권유했고, 이 책의 목차대로 4회 강연으로 여러 곳에서 '산문으로 만나는 윤동주'를 강연했습니다. 강연을 끝내고 돌아오면 마음 편히 한뜸 한뜸 풀어보았습니다. 자연스럽게 북이십일의 아르테에서 출판하기로 했습니다.

모자란 탐색에 동행해주신 북이십일 아르테 김영곤 대표님과 꼼꼼하게 제작해주신 원미선, 이승희, 김지영 님께 감사드립니다. 책을 낼 때마다 내 문장을 내가 극복해야 합니다. 나를 방해하는 적은 나 자신이지만, 내가 보지 못할 때 최유진 선생님은 나무숲 사이를 빠져나가는 비문과 오문을 잡아주셨습니다. 최 선생님은 『곁으로―문학의 공간』, 『처럼―시로 만나는 윤동주』에 이어 세 권째 졸저를 검토해주셨습니다.

　모든 책은 사랑이라는 벽돌로 세워진 안온한 집입니다. 모자란 능력을 책상에 앉은 시간으로 때웠습니다. 책상에 앉아서 졸면서, 모래사장을 간신히 기어가는 느림뱅이 게가 손톱만 한 흰 거품을 게워내듯, 조금씩 조금씩 썼습니다.

　여기까지 읽어주신 귀한 독자에게 졸시 한 편 올리며 감사인사드립니다. 졸시집에 나오는 「왜 내 눈에만 보이는지」라는 시는 시인 임화나 김수영이 봤다면 연약한 감상주의로 호되게 비난할 소품입니다.

2019년 5월 수락산 기슭에서

왜 내 눈에만 보이는지 *

어떡하지, 느닷없는 소식
임종이 다가왔으니 찾아오라네
그가 죽었다던 후쿠오카 형무소 근처에서 자던 밤,
별 하나 떨어져 밤새 울던 새벽도 몰랐어

그의 시를 백 번쯤 강연할 때
나 아닌 누군가 내 혀를 맘대로 조정하여,
이게 빙의(憑依)구나, 겁나서
육개월 정도 그에 관해 강연하지 않고
이름 석자 쓰지 않을 때도 몰랐어

누나의 얼굴은 해바라기 얼굴
해가 금방 뜨면 공장에 간다며,
터널 밖에서 일하는 복선철도 노동자를 보며,
건설의 사도라고 쓴 그와 비슷한 사내를
해직자 농성 텐트 곁에서 잠깐 보았어

광화문 세월호 텐트에서 묵묵 참배하고
천막카페 앞에 외로 앉아 커피 마시며

태양을 사모하는 아이들아, 별을 사랑하는 아이들아
읊조리는 묵묵한 사내의 혼잣말, 나는 분명 들었어

광화문 교보빌딩에 걸린 현수막
내를 건너 숲으로 고개 건너서 마을로
자기가 쓴 구절을 찬찬히 읽어보는
빛바랜 흑백사진 얼굴, 나는 대번에 알아봤지

강연할 때 간간히 구석에 앉아 들으셨어
길게 선 콧날, 간절하되 서늘한 눈매
저 분이세요, 손짓 하면
돌았다 흉볼까봐 숨겨 왔는데

11월의 토요일, 미완성의 촛불혁명
가장 시린 날 무리 속에서 중얼거리셨어.
다들 죽어가는 것에게 검은 옷을 입히시오.
부서진 달조각만 그를 알아봤어
심하게 기침하며 작은 글판 들고 행진하셨어
등불을 밝혀 시대처럼 올 아침을 기다리는

촛불 들고 있던 내가 불렀을 때

누상동 하숙집 골목으로 사라지는 최후의 나,
또다른 식민지에서 서러우면서도
얼마나 반갑던지 아스팔트에 엎드려
장난감 찾은 아이는 최초의 악수를 했어

어떡하지, 임종하신다는데
아냐, 아직 그는 죽지 않았어
나비 한 마리 찾아오지 않는 음전한 여인이 누운 병원일까
그가 누웠던 자리에 누워볼까
별똥 떨어진 자리에 자랑처럼 풀이 무성하겠지

* 이 글 곳곳에 윤동주 시 구절이 숨어 있다. 윤동주는 산문
「종시」(1941.)에서 복선철도 노동자를 "건설의 사도"라고
썼다. 이 시는 김응교 시집 『부러진 나무에 귀를 대면』(천년
의시작, 2018.)에 실려 있다.

참고 자료 기재 순서는 저자, 작품명, (발행처), 연도 순입니다.

강처중, 「발문」, 윤동주 『하늘과 바람과 별과 시』, 정음사, 1948

쿠로키 료지, 「尹東柱 「終始」考察」, 『인문과학논문집』, 2009

권영민, 『윤동주 전집』, 문학사상사, 2017

김수영, 「시여, 침을 뱉어라―힘으로서의 시의 존재」, 1968

김윤식, 『임화연구』, 문학사상사, 1989

김응교, 「노숙인, 민들레 문학교실」, 『곁으로―문학의 공간』, 새물결플 러스, 2015

김응교, 「망루의 상상력, 사회적 영성」, 『곁으로』, 새물결플러스, 2015

김응교, 『처럼―시로 만나는 윤동주』, 문학동네, 2017

김응교, 「윤동주 산문 〈종시〉의 경성과 노동자」, 『한국문학이론과 비 평』, 2017

김응교, 「1년 동안 글쓰기, 윤동주 산문 〈달을 쏘다〉」, 『사고와 표현』, 2019

김향미, 「세종대로 일대 '역사문화공간' 조성」, 《경향신문》, 2015

니체, 『차라투스트라는 이렇게 말했다』, 책세상, 2000

도스토예프스키, 김연경 역, 『지하로부터의 수기』, 민음사, 2010

로버트 영, "Refugee: you are unsettled, uprooted. You have been translated.", *Postcolonialism*, Oxford University Press, 2003

류양선, 「윤동주의 散文과 詩의 관련양상―산문 〈終始〉와 시 〈길〉을 중심으로」, 『한국현대문학연구』, 2004

무호정인(無號亭人), 「을밀대상의 체공녀―여류투사 강주룡 회견기」, 『동광』23호, 1931.

박창해, 「윤동주를 생각함」, 『나라사랑』 제23집, 1976

신동엽, 「아사녀」, 1963

서울예술단, 창작가무극 〈윤동주, 달을 쏘다.〉, 2013

송우혜, 『윤동주 평전』, 서정시학, 2014

엘스페스 프로빈 저, 멜리사 그레그·그레고리 시그워스 편, 『정동이론』, 갈무리, 2015

염상섭, 『삼대』, 1931

왕신영, 『윤동주 자필 시고전집 - 사진판』, 민음사, 1999

유영, 「연희전문 시절의 윤동주」, 『나라사랑』제23집, 1976

유진오, 「김강사와 T교수」, 1935

윤일주, 「윤동주의 생애」, 『나라사랑』 제23집, 1986

이광수, 「감사(感謝)와 사죄(謝罪)」, 『백조』제2호, 1922

이광수, 『애욕의 피안』, 1936

이복규, 『윤동주 시 전집』, 지식과교양, 2016

이상섭, 『윤동주 자세히 읽기』, 한국문화사, 2007

이양하, 「신록예찬」, 『이양하 수필집』, 1947

이태준, 「패강랭」, 《삼천리문학》, 1938

임화, 「현해탄(玄海灘)」, 1938

정과리, 「윤동주의 내면의 시─상호주관성으로서의 내성」, 황현산 편,
『시대의 폭력과 문학인의 길』, 민음사, 2017

정병욱, 「잊지 못할 윤동주 형」, 『바람을 부비고 서 있는 말들』, 집문당,
1980

정지용, 「말」, 『정지용 시집』, 1935

정지용, 「별똥」, 『정지용 시집』, 1935

조르조 아감벤, 『호모 사케르』, 새물결, 2008

조재수, 『윤동주 시어사전』, 연세대 출판부, 2005

최병택, 「일제하 조선(경성)토목건축협회의 활동과 그 성격의 변화」, 『한
국학연구』, 2015

프란츠 카프카, 「나무들」, 『변신·시골의사』, 민음사, 1998

홍장학, 『정본 윤동주 전집』, 문학과지성사, 2004

홍장학, 『정본 윤동주 전집 원전 연구』, 문학과지성사, 2004

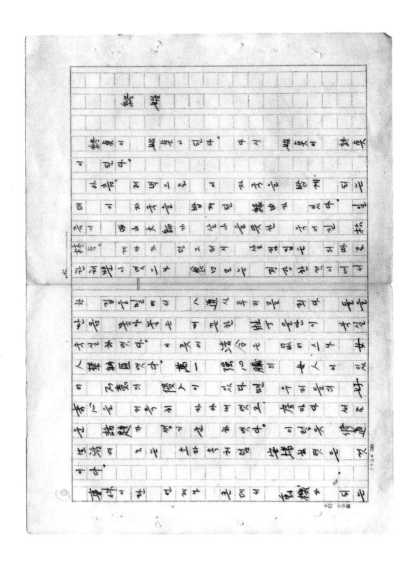

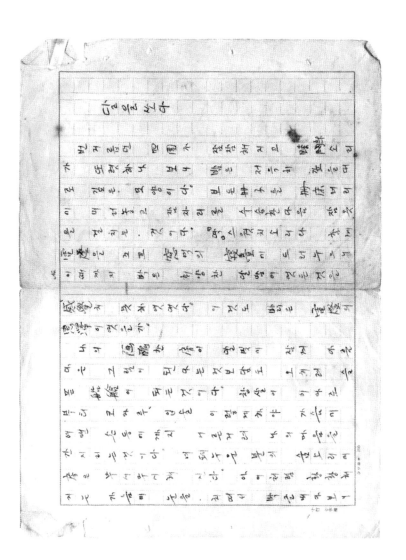

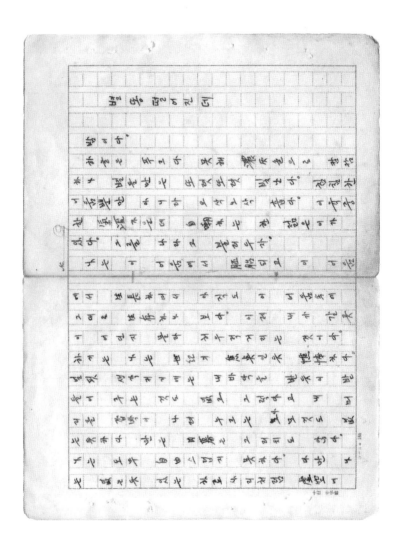

윤동주 육필 원고 첫장

『한권에 꽃이 핀다』 양동주 약필 원고 첫장

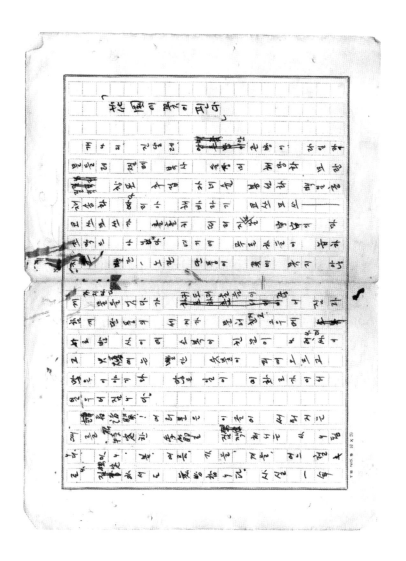

빈센트 반 고흐, 〈씨 뿌리는 사람〉

...

윤동주 사망 후 교토 하숙방을 확인했을 때, 빈센트 반 고흐 화집과
서간집이 있었다. 빈센트 반 고흐가 그린 그림 중에도
〈씨 뿌리는 사람〉(1850)이라는 그림이 있다.

(49쪽 내용 참고)

겸재 정선의 〈장동팔경첩〉
수성동 계곡의 기린교

...

윤동주와 정병욱은 김송의 누상동 9번지 하숙집에 살면서,
아침 식사 전에 뒷산인 인왕산 중턱까지 산책하며 계곡물에 세수하기도 했다.
정선의 〈장동팔경첩〉에 나오는 돌다리 기린교가 등장하는 수성동 계곡 근방이다.

(50쪽 내용 참고)

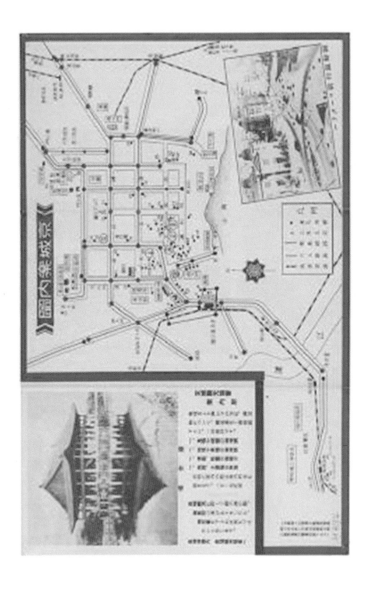

혼마치로 들어가는 입구

...

현재 명동 신세계백화점과 서울중앙우체국 사잇길이다. 일제강점기 혼마치[本町]란
최고의 거주지라는 뜻으로 일본인들 상가가 집중해 있었던 충무로 1~3가 진고개
지역을 말한다. 긴자(銀座) 거리를 어정거리는 것을 '긴부라(銀ぶら)'라 한다면, 이
양반이 혼마치를 어정거리는 것은 '혼부라(本ぶら)'라고 했다. 혼마치라는 일본어는
사라졌지만 그 뜻은 아직 남아 현재도 중구(中區)라고 부른다.

(65쪽 내용 참고)

도머창　도머창

지붕 사이로 난 도머창,
외부에서 바라본 핀슨홀의 창문

...

핀슨홀은 1922년 학생 기숙사로 준공되었다. 영국주택 양식으로
창문은 돌출창(bay window)이 아닌 평면 창문 형태였다. 특히 윤동주가 머물렀던
3층 다락방은 지붕에 튀어나온 도머창(dormer window)까지 있어
달빛이 잘 들어왔을 것이다. 윤동주를 저 창문으로 스며드는 달빛 아래에서
「달을 쏘다」 등 주옥같은 작품을 썼다. 연세대 25주년 기념책자인
"The Chosen Christian College"(1940)는 핀슨홀을 이렇게 설명했다.
"캠퍼스 중앙의 서쪽 언덕, 아름다운 숲 사이로 3층의 석조 기숙사가 들어섰다.
서양식으로 지어진 이 건물엔 관리인과 사감뿐 아니라 50명 이상의 학생들이 지낼 수 있다."

핀슨홀 전경,
윤동주 시인이 신입생 시절 머물렀던 3층 다락방
…
"창 옆의 침대에 드러누우니 이때까지 밝은 휘양찬 달밤이었던 것을
감각치 못하였댔다. 이것도 밝은 전등의 혜택이었을까.
나의 누추(陋醜)한 방이 달빛에 잠겨 아름다운 그림이 된다는 것보다도 오히려 슬픈
선창(船艙)이 되는 것이다. 창살이 이마로부터 콧마루, 입술, 이렇게 하여
가슴에 여민 손등에까지 어른거려 나의 마음을 간질이는 것이다."

「달을 쏘다」에서

아현리역 섬식 플랫폼

...

터널을 나오자마자, 지금은 사용하지 않는 아현리역 섬식 플랫폼이
아직도 그대로 남아 있다. 윤동주가 복선철도 노동자들이 일하는 것을 본
장소가 이 근방이다.

(86쪽 내용 참고)

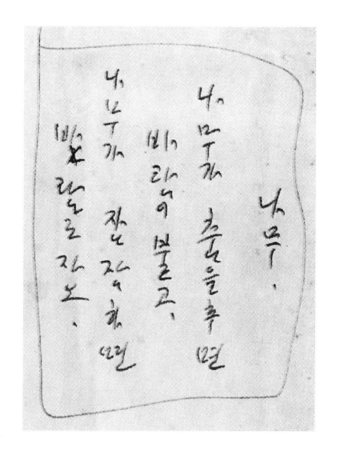

「나무」 윤동주 육필 원고

...

「별똥 떨어진 데」의 세 번째 단락은 "나무가 있다"로 시작한다.

꽃과 풀과 대화했던 윤동주에게는 나무도 귀한 대화 상대였다.

연희전문에 입학하기 전에도 나무는 「나무」 「소년」 「장구멍」에 등장한다.

(160쪽 내용 참고)

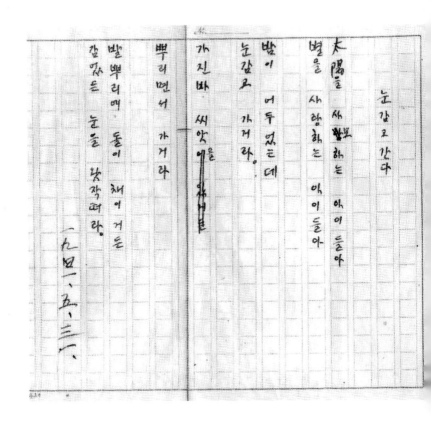

「눈 감고 간다」 윤동주 육필 원고

...

산문 「별똥 떨어진 데」에 나타나는 나무나 「눈 감고 간다」에 등장하는 아이에게
윤동주는 두 가지를 잊지 말라고 한다. 하나는 하늘로 향하는 향일성이다.
향일성을 지닌 것뿐 아니라 뿌리를 내려야 하고, 두 번째로 "가진 바 씨앗"을
뿌려야 한다. 윤동주의 태도가 관념으로만 흐른 것이 아니라, 늘 현실에 깊이
뿌리박고 있다는 것을 볼 수 있다. .

(166쪽~167쪽 내용 참고)

박창해가 만든 교과서

...

"바둑아, 바둑아, 이리 오너라"라는 유명한 문구는
식민지에서 벗어난 한국어의 위상을 보여주는 독립선언문이었다.
우리말을 동요로 가르치려고 했던 박창해의 상상력에는
윤동주의 시편들이 작동했을 수도 있다.

(225쪽 내용 참고)

나무가 있다

1판 1쇄 발행 2019년 5월 10일
1판 2쇄 발행 2020년 1월 30일

지은이 김응교
펴낸이 김영곤
펴낸곳 아르테

문학사업본부 본부장 손미선
책임편집 김지영
문학기획팀 이지혜 인수
문학마케팅팀 배한진 정유진
영업본부장 한충희 **문학영업팀** 김한성 이광호
제작팀장 이영민 권경민

출판등록 2000년 5월 6일 제406-2003-061호
주소 (우 10881) 경기도 파주시 회동길 201(문발동)
대표전화 031-955-2100 **팩스** 031-955-2151

ISBN 978-89-509-8068-9 03810

아르테는 (주)북이십일의 문학 브랜드입니다.

(주)북이십일 경계를 허무는 콘텐츠 리더

아르테 채널에서 도서 정보와 다양한 영상자료, 이벤트를 만나세요!
네이버오디오클립/팟캐스트 [클래식클라우드] 김태훈의 책보다 여행
페이스북 facebook.com/21arte 블로그 arte.kro.kr
인스타그램 instagram.com/21_arte 홈페이지 arte.book21.com